把星星都点亮

肆一 著

图书在版编目（CIP）数据

把星星都点亮 / 肆一著. -- 北京 : 北京联合出版公司, 2018.10

ISBN 978-7-5596-2444-4

Ⅰ. ①把… Ⅱ. ①肆… Ⅲ. ①长篇小说－中国－当代 Ⅳ. ①I247.5

中国版本图书馆CIP数据核字(2018)第176728号

著作权合同登记 图字：01-2018-5140号

把星星都点亮

作　　者：肆　一

责任编辑：昝亚会　夏应鹏

内文设计：木言设计

北京联合出版公司出版

（北京市西城区德外大街83号楼9层　100088）

三河市冀华印务有限公司印刷　新华书店经销

字数：100千字　880毫米×1230毫米　1/32　印张：7

2018年10月第1版　2018年10月第1次印刷

ISBN：978-7-5596-2444-4

定价：39.80元

自　序

被拥抱着的视线落差

视线的落差。

同样一件事，另一个人看到的，是不是跟自己所见的不一样？

就跟人的视线一样，即使站在同样一个位置，也会因为身高的差异而有所不同。差别或许很细微、很不明显，就像加了百分之五白色的灰与没加白色的灰，乍看相似，可其实并不一样。

我们每个人看到的都是事情的一部分而已，然后各自解读，再各自延伸，最后就变成了一个跟初始不相同的故事。不同的人所看到的同一件事，到底有什么差异？人心的微妙变化又是什么？因为对这件事很感兴趣，所以想写一本这样的小说。我想用一个很简单的故事来写这件事，平凡得就像是发生在我们身边的事一样，然而所有的简单都会因不同的人参与其中而变得不简单。也正因为故事简单，所以更能凸显视线的落差。

因为人是不完美的生物，会哭、会笑；会让好的事发生，也会犯错；用自己的方式去爱人，也会伤害自己所爱的人；怀抱着祝福的同时却也隐藏着嫉妒，伤害别人的时刻却也让自己受了伤……然而在更多时候，我们并不知道自己会走到哪里，却也到了今天。

即使是这样，也并不表示我们不值得被爱、无法被原谅。每个人都是为了自己相信的事物在坚持着，或许有些幼稚，也常常感到茫然，甚至是不知为何做了那样的决定，但也跌跌撞撞终于走了过来。这正是这本小说想要表达的内容。

从来都没有想过，自己有机会写小说。因为相较于散文，小说是更不畅销的类型，可是对于一个喜欢文字的人来说，小说始终都是一个殿堂，令人憧憬且向往着。而且，这本书还不是大家对我最熟知的爱情主题，这或许可以说是我的任性，当然还是紧张大家的反应，但至少问心无愧。谢谢一直给予我支持和鼓励的大家，以后我也会继续加油。

然而，我仍希望故事可以是温柔的、疗愈的。即便只是一个简单的故事，里面的角色也都有各自讨人厌的地方，但一定也有让人认同的地方吧。我一直觉得这就是真实人生的样子。开始构思这本小说的时候，最先确定的一件事就是：我想写一个里头的角色没有绝对好坏的故事。因此，我也在努力做到这件事。

这本书不是要大家单一地去喜欢里面某一个角色，而是希望在每个角色身上都能发现一点自己或是周围人的样子，好的部分这样，坏的也如此。不是去认同里面的人物，而是觉得自己被认同了。

最终，所谓的“视线的落差”，其实是“被拥抱着的落差”，我们都不同，但都在学习如何珍惜对方。这是我的第一本小说，想写给每个不完美的我们，给希望被拥抱的每一个人。

目　录

第一章

男朋友

“芊芊自杀了！”

接到阿群打来的电话时，允辰正在去往君艾家的路上，这通电话中断了他原本急促的脚步。“先生，不要突然停在马路中间好吗？”紧跟其后的行人突然撞到了允辰，发了一句牢骚，绕过他继续往前走。允辰仍然呆站在原地，脑中嗡嗡作响，像是被挂断的电话声，传进耳朵的净是单调的尖锐长音，好像要刺进身体一样往心里钻。路旁的树叶被昏黄的灯光照得发亮，叶子边缘被绕出了一圈光晕，风一吹就像是千万只飞舞的蝶一样，允辰感到一阵晕眩，只听见自己的心脏狂跳着，声音震耳欲聋。

是我害死了芊芊！

紧接着，这句话就从允辰脑海中冒了出来。是他害死了芊芊，她是因为自己才自杀的！一定是因为今天的那件事，所以芊芊才会想不开，当时她的态度异常冷静，现在回想起来，应该就是因为打击太大所以才没有任何反应，一定是这样。如果他没有说那件事就好了，这样芊芊就不会出事了！

“喂，喂，你还在吗？”电话那头又响起阿群的声音。

“在，我马上就过去，等我一下。”

挂断电话，允辰随手一挥，拦了辆出租车跳了上去。

“麻烦快点。”等不及门关上，允辰迅速报了地址，语末还加上这一句，然后，“砰”地把车门一关，瞬间就将外面车水马龙的嘈杂声隔绝了，只剩下车内电台播送的音乐在回荡着。

突然的静默。允辰这才听到正在播放的歌曲是谢震廷

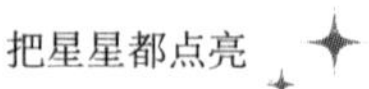

的《灯光》，这是他跟芊芊的定情歌。允辰惊讶于这样的巧合。

当初，电台里也是刚好播放了这首歌，他跟芊芊在没有约定的状态下，随着旋律同时哼起了同一句歌词。因为发现有个人跟自己一样，又一起笑了起来。这是他跟芊芊第一次见面的情景。

他跟芊芊其实是通过君艾认识的，不，不对，应该说是因为君艾才认识的。他们会交往并不是预料之内的事。允辰跟君艾是同事，但因为隶属不同公司，所以平常根本没有交集，直到有一次他去共享的茶水间泡茶，恰巧遇到了君艾才认识。

虽然是同事，但更正确地说是同个集团底下的不同事业群，自然所在的楼层也不一样，他在七楼，而君艾则在六楼，但茶水间是两层楼共享一间，扣除掉一楼后，二、三楼一间；四、五楼一间……以此类推，统一都设在较低的楼层。因此，允辰每天总会有几回到楼下倒水。

有的同事会准备大水壶与保温瓶，一口气装满一天分量的水，免得麻烦。允辰也这样想过，但总觉得水放久了不干净，所以还是坚持每天下楼数次去倒水的习惯。时间也几乎固定：上午十点、午饭后，还有午后三点与五点。

当时他正在把茶包从茶水里捞出来，准备把茶包的线绕到汤匙上后再放到杯缘上轻压。这是他从网上学来的方法，可以把茶包里剩余的茶水挤出来，从此就变成了他的习惯性动作。实事求是，遇到疑惑，第一个动作就是上网搜寻解答。

他是个规律无聊的人，早上一杯咖啡，下午喝茶，走同样的道路，去相同的店，谨慎而小心，只有旅行是他最大的变量。

而当时，君艾正与另外一名同事讨论着超市集点的活动。“我差两点就可以集到杯子了，但活动到今天就截止，换不到了。”当时君艾这么说，语气里有明显的懊恼。是真的很想要杯子吧。

“我本来多余了两点，不过刚刚给别人了，还是等下我去问问谁还有多余点数。”另一个同事这样回答道。

“这样会不会太麻烦别人了？不好意思啦。”

“不会，不然只差两点好可惜，点数这么难集。波波狮好可爱哦。”

这次的超市集点活动奖品是日本的卡通商品，主角“波波”是一只身体蓝色、五官挤在一起的动物，像猫又像狗，但官方资料说它其实是狮子。“根本就不像啊。”记得第一次看到时，允辰还说了这样的话。

但不知为何，他当下就莫名对波波狮有了好感，虽然不会刻意收集相关的产品，但如果能有选择，就会以波波狮优先。就像现在手上正在装水的马克杯，便是之前信用卡的刷卡礼，当时有其他更实用的商品可以挑选，但他还是挑了印有波波狮的马克杯。杯子是一对，允辰把一个放在家里，一个带来公司。也就是因为这个，平常不注意超市集点活动的他，才会注意到这次活动。

“我那边有多的点数，等下拿给你。”允辰突然脱口而出。因为每天的早餐都是在超市里解决，总是会拿到一些用不到的点数，而且他也早已经集到了一个，他只有一张嘴，不需要更多的马克杯了。

“真的吗？但你不是也喜欢波波狮吗？”君艾听了，喜出望外，同时也看了一眼他手上的马克杯。

“它是很可爱没错，但我已经集到一个了，用不着这么多杯子，没关系。”这是他跟君艾开始有交集的契机，波波狮，也是允辰对君艾的第一个印象。之后，两个人时常在茶水间相遇，接着也慢慢熟识，最后就变成了朋友。之所以会认识芊芊，也是因为某日君艾突然跟他说：“周末我跟几个朋友去野餐，你要来吗？”那是允辰跟君艾认识两个多月后的事。

君艾说的几个朋友，芊芊就是其中一个。对了，那次聚会在场的还有阿群、小草，后来允辰才知道，他们四个人原来是大学同学，虽然已经毕业多年，但现在仍旧保持着每个月见面吃饭、聊聊近况的习惯。而当他跟芊芊交往之后，也自然地加入了他们的群组，四人聚会变成了五人。

其中就属芊芊跟君艾认识最久，两个人是高中同学，至今已经超过了十个年头，常常形影不离。芊芊曾经开玩笑地对他说，如果他跟君艾同时落水的话，她一定会毫不犹豫地先救君艾。她们两个就是这样情同姐妹。

阿群与小草都知道，也从来都不会计较，即便后来他跟芊芊是情侣也无法比较。芊芊曾经不止一次说过：“对我来说，这个世界上最重要的人就是君艾。”

“那我呢？”一开始允辰还会这样反问。

“第二重要。”

“为什么？我是你男朋友啊。”

“但君艾是我的亲人。”

当时芊芊说这句话时认真的表情，允辰至今都还记得很清楚。亲人。那是一种不容置疑、无法反驳的神情。那次之后，他便再也没提起类似的话题。不过他们的第一次见面并不是野餐，因为天气预报说当天会下雨，所以临时改约在咖啡馆碰面。但天气预报并不准确，那天出了大太阳，只是因为来不及准备餐点了，所以大家还是决定约在咖啡馆见面。

那是一家位于二楼的咖啡馆，店名叫“小角落”，意思是希望每个人都可以在这里找到属于自己的容身之处，哪怕只是一个小小的角落。店里有一整面墙的书与一大片的落地窗，窗外是成排的大树，阳光穿越点点树叶，在桌上与地上留下水渍般的影子，桌椅几乎都是木质的。座位并不多，只有五张桌子，是一家很文艺的小店。

允辰提早了十分钟抵达，进门时只剩下一张桌子还空着，他别无选择，将安全帽轻轻放在桌子上，然后坐下。允辰第一眼就发现隔着两桌的位置上，坐着一个有一头乌黑长发的漂亮女生，因为只有她一个人，与其他两至三人的桌位形成对比，所以很容易让人注意到。

由于允辰并没有见过其他人，加上提早到的关系，所以当他一进门没有看到君艾时，理所当然就以为自己是第一个抵达的人。直到君艾在他之后气喘吁吁地出现，他才发现自己其实是第二个到的，早在他之前芊芊就已经在店里。那个独自坐着的女生就是芊芊。

允辰后来才知道，每次有约，芊芊总是会提早到。“我不喜欢等人的感觉。”熟识一点之后，芊芊曾这样说过。一开始允辰不是很明白，后来才懂了，原来她说的是，因为不喜欢等人，所以自己就不要让别人等。

芊芊是一个很讨人喜欢的人，脸蛋漂亮，身材纤细，讲话轻声细语，走路时，一头细柔的长发总在身后飞扬，加上异常白皙的皮肤，更显得发色乌黑。她身上总是散发着一种“完整”的感觉，从表情、妆容、衣服，到姿态，都像是随时已准备好的状态。

对女生的美好想象在她的身上都可以找到，允辰几乎是第一眼就喜欢上她。同时他也发现，芊芊备受其他人的呵护，几乎所有的团体里都会有一个这样的角色，就像是公主，而芊芊就是。

不过，芊芊并没有一般对漂亮女生所认定的骄纵性格，她独立自主，也不崇尚名牌，当然也有一些缺点，只是都无伤大雅。“连缺点都恰到好处。”允辰曾经这样想过。也因此当后来知道芊芊仍是单身的时候，他惊讶得几乎合不拢嘴。“你还是单身？怎么可能？”允辰还记得当时自己的反应有点大惊小怪，让现场的人都笑了出来。

“缘分还没到嘛。”芊芊只是这样回答。

“你一定很挑吧？”事后回想，允辰才发现这样问其实很失礼。只是由于讶异，所以自然脱口而出。然而这句话同样又把大家给逗笑了。

“哈哈哈，你已经不是第一个这样问的人了。”回答的是阿群，他是团体里最会炒热气氛的人，“每个刚认识芊芊的人都会这样问，后来我们得出的结论是：对，她就是很挑，没错。”

说完，大家又笑了。

“哎，你们不要把我塑造成很难搞的角色好吗？不要吓走新朋友啦。”芊芊也笑着反驳，语气里有股撒娇的味道。

“不会，不会，别担心。”允辰赶紧挥挥手，又接着问，“那你喜欢什么类型的男生？”

“这……很难说得清楚……”芊芊欲言又止，一脸的为难，眼神飘向了小草，像是在求救似的。

“啊，还是你喜欢的是女生？”看出了芊芊的为难，允辰没头没脑地吐出了这句话。此话一出，又是哄堂大笑。

“喜欢同性别的是我啦。”回答的又是阿群。

“咦？什么？”

“你这么积极问芊芊喜欢的类型，是想帮她介绍吗？”阿群露出一抹看好戏般的笑容，“还是说你喜欢芊芊？干脆你们两个在一起好啦。”

“什么？”

“对啊，要不要考虑考虑？”团体里扮演比较沉稳的角色、一直没出声的小草也突然插嘴。

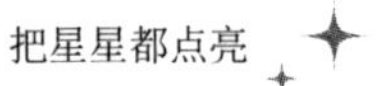

“对啊，好不好？”阿群又起哄。

“什么？”允辰还是一头雾水，不断地重复着这句话。

“你们不要闹了，真是的。”出声制止的是君艾，接着，她转头跟允辰说：“他们就是爱开玩笑，不要介意哦。”

“不会，我知道大家是在开玩笑，放心。”

“那如果不是玩笑呢？”

说这句话的是芊芊。

顿时，气氛安静了下来，只剩下允辰的一声“咦？”在空气中回荡。

“逗你的。”芊芊的眼睛里闪烁着恶作剧的光芒。此时背景传来的音乐就是《灯光》，他跟着哼唱了一句“在你需要我的时候把开关按下”，芊芊也是。允辰从芊芊的眼神中也发现了她的惊讶，他们相视而笑。

跟芊芊交往后，允辰一直把这首歌当成他们的定情歌曲。

当时谁也没想到，阿群的一句玩笑话，竟然是他跟芊芊的缘分开端。

“干脆你们在一起好了”这句话当然并没有让芊芊跟他交往，只是因为这一句玩笑话瞬间就拉近了两个人的距离，有些暧昧的气氛在流动着。

当天聚会结束后，允辰立即就接到了君艾的电话，她在那头说着：“今天的玩笑有点开过头了，你不要觉得不舒服，不要放在心上哦。”因为担心，她还特地打了电话来安慰。

“不会的，你也把我想得太脆弱了。”

“不是啦，怕你误会而已，没事就好。”

“放心，没事的，你的朋友都很好相处。”语末，允辰还特地这样强调。但往往越是提醒不要在意的事就越会被注意到，君艾的特别关心反而使得允辰更加在意起了芊芊。

不过，允辰并没有因此而有进一步的动作。一部分原因是他没有天真到会把玩笑话当真，另外一部分原因则是他自认为高攀不起芊芊。他从头到脚都是一个那么平凡的人，而芊芊则是在人群里闪耀的发光体，就像星星。

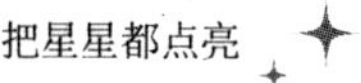

她不会喜欢上自己的。

因为没有自信，即便是对芊芊有好感，允辰也仍然没有任何表现，不要说主动跟她聊天，就连向君艾打探消息都不敢。他是个谨慎的人。

真正让两个人有所交集的是旅行。在允辰少数几个还算感兴趣的业余活动里，除了登山外，便是旅行了，他每年总会安排几趟远行，不管是有伴或独自一人都会出去走走。这点芊芊也一样。而且更让允辰感到惊讶的是，看似娇贵的她，旅行的方式都是自助旅行，机票、饭店、交通样样都自己来，也就是因为这点，允辰才开始觉得自己或许有机会。芊芊并不是他以为的那种女生。

他们最先聊的地方是葡萄牙，原因是允辰在脸书上发的大头照，背景便是里斯本著名的黄色电车，因为很独特，所以芊芊一眼就认了出来。这是她预计的下一个旅行地点。但由于葡萄牙并不是一个热门的旅行地点，因此能得到的信息也相对较少，所以芊芊便向他请教一些问题，于是两个人开始渐渐热络起来。而越是聊天，允辰就越对芊芊有好感。不过当时芊芊并不知道允辰是听君艾说她正在计划要去葡萄牙旅行，所以才刻意换了那张大头照。“你觉得里斯本住在哪一区比较方便？我其实很喜欢阿法玛，但交通似乎不方便？”

阿法玛是里斯本的老城区，充斥着蜿蜒的小巷与起伏的山坡，虽然很有欧洲的旧城风情，但没有地铁经过，来往市区的复古电车也狭小到不适合拖着行李走，实在太不方便了。

“阿法玛很有葡萄牙风情没错，但比较方便的选择是绿线的罗希欧站，那里不仅是市中心，而且之后若要去罗卡角，车站也就在旁边，很方便。”

“那么，晚上会很吵吗？我担心市中心晚上会很喧闹。”

“不会不会，比起巴塞罗那、巴黎等城市，里斯本相对来说还是没有那么多观光客，安静许多。”

“太好了，实在不喜欢人太多的城市。”

“你等一下，我找一个网址给你，里面信息很多……”

两人的话题始终围绕着旅行、围绕着葡萄牙，并没有更多的交集，只是聊着聊着，一直到某天允辰突然对芊芊说："不然，我跟你一起去葡萄牙吧。"

主因是当时原本答应好一起与芊芊同行的旅伴突然反悔，她正烦恼是否该独自前往。虽然葡萄牙治安并没有那么差，但毕竟是要飞行十六个钟头才能到的地方，人生地不熟的，允辰也是出于担心，所以才这样提议。

允辰原本也预计芊芊可能会拒绝，虽然两个人已经认识好一段时间，但并没有久到足以培养出够多的信任。而且，他毕竟是男生，再怎么亲近的朋友，也是男女有别。

"真的吗？好啊。"然而没想到，芊芊竟然爽快地答应了。

最先知道这件事的是君艾。本来允辰预期她会因为自己的好姐妹有朋友照顾而感到开心，但她却是第一个，也是唯一一个投反对票的人。

"这样不好吧，毕竟男女有别，别人知道了还是会不好。"

允辰立即就懂了君艾的顾虑，这是她保护芊芊的方式。

"放心，我不会逾矩的，这点你可以相信我。"

"但是，孤男寡女一起出去旅行毕竟是有点亲密的行为……"

“不会的，我们会住青年旅馆，都是好几个人同一间卧室，不会有事，你放一百二十个心吧。”允辰早就跟芊芊讨论好这件事。

“但无论如何坦荡，我们也管不着别人的嘴啊，你知道有些人想要说什么的话，什么都可以拿来说。”

“没关系，我不介意。”芊芊此话一出，君艾才没再反驳。

相较于君艾的忧心忡忡，阿群反倒一派轻松，甚至开始搜寻关于纪念品的信息，而小草则一副不置可否的样子。然而旅行回来后，他们两个人就在一起了。

他们约好在聚会时跟大家公布这个消息。允辰还记得当时君艾听到这个消息后那难以置信的表情，语无伦次地问着：“真的吗？”就连平常鲜少展露情绪的小草都显露出了惊讶。看到他们的反应，允辰还开玩笑地说：“你们很不给面子啊，好像芊芊跟我在一起很不相配似的。”

“当然不是这个意思，不要误会……”小草赶紧打圆场。

“不会啊，我早就觉得你们两个人很配。”阿群还是一副乐天的模样。

“那你们怎么在一起的？”小草不理会阿群，接着又问。

“应该是在波多吧。”允辰看了一下芊芊，她则轻轻点了点头。

波多最有名的景观就是从路易一世铁桥眺望旧城区，尤其是黄昏的时候，灯火初上，夕阳也在天空染出层层红晕，蜿蜒的多罗河面会染上潋滟的色调，这几个小时天色的变化最为美丽。

欧洲早晚的温差很大，虽然白天常常觉得炎热，但一入夜就凉了，温度便降得很快，他们旅行的九月已经开始入秋，气温变化更是明显。

当天因为在桥上待久了，连吹了几十分钟的风，所以芊芊禁不住寒冷，身体不由自主地开始微微发抖。虽然她尽力克制，但仍被允辰发现了，他脱下了身上的衬衫让芊芊披着，芊芊还是止不住身体对气温骤降的反应。

当时允辰便提议回旅馆，但芊芊坚持不肯：“这是在波多的最后一个晚上了，而且旅行也快结束了，我想要多看几眼这里的风景。”于是允辰只得陪着。

由于允辰已经来过这座城市，所以整趟旅行几乎都是由他带路。而芊芊是一个把旅行功课做得很足的人，出发前特地打印了好几张资料带着，虽然她刻意遮掩，但允辰仍发现芊芊对于自己的指引一开始其实抱持着怀疑的态度，好几次都看到芊芊在确认相关信息。几天相处下来，才终于完全信任了他。

“导游，明天早上几点集合？”

“导游，今天要去哪儿？”

“导游，从这边到那里要多久？”

每天芊芊都会这样问他，笑称他是导游。对此，允辰油然而生一股成就感，甚至有点虚荣，这就是全然的托付带来的愉悦。

在旅行期间，他们两个人大多是并肩一起走，一路闲聊，芊芊很少提及自己的事情，大多是聊着旅行、生活，这也渐渐培养起两人在台湾时所没有的默契。比较重的水会由允辰携带，芊芊则负责注意时间，以免错过班车或是

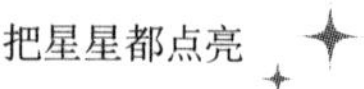

营业时间。

整趟旅行，允辰都是以些微领先的脚步带着路，偶尔再配合芊芊的步伐停下来拍照，两人相安无事，什么旅行会让人容易吵架、感情生变等，都没有发生。旅行或许会让人看见一个人最真实的样子，但却不一定会让关系往后退。

后来允辰才发现，托自己已经来过葡萄牙的福，他不用花过多心力去认识这个国家，反而有更多的时间可以观察芊芊，她的习惯、她的喜好，甚至是她的思维脉络。

就像是坚持要待在桥上等天黑的举动，不知情的人或许会认为，芊芊这样的行为有点任性幼稚，不会照顾自己的身体，要是生病了只会连累同伴而已。但十几天的旅行相处下来，允辰知道这是芊芊的韧性，这是她评估后的决定，芊芊不是个鲁莽的人。她比他认为的还要坚毅，一言一行都有其理由。而这也是通过这趟旅行，允辰对芊芊产生的信任，这样的性格，更是加深了他对她的喜欢。

或许是因为天冷，也或许是因为异地相依为命的催化，两个人不知不觉便紧靠在一起，原本芊芊不断摩擦生热的双手，最后终于由允辰的手给覆盖住。

“好浪漫哦……”听到这里，阿群夸张地拉着长音。

“原来是这样。”小草则是一贯的冷静。

“那……是怎么确定两个人在一起的？”君艾终于开口说话，“是谁先问对方的呢？”

“一定是男生啊，这还要问吗？”阿群觉得这个问题也太没有建设性了。

“是吗？”明明是该向允辰确认，君艾却转头看向芊芊，仿佛还在疑惑方才仍是玩笑话。

“其实没有谁先开口说什么，但之后是我先主动去牵芊芊的手没错。”

“我就说男生主动吧。”阿群耸耸肩。

“那个……”小草突然开口。

“什么？”

“我跟梅子分手了。”小草突然冒出这样一句话，比起刚刚芊芊与允辰交往的消息更让大家感到惊讶。

“咦！什么？！”率先发难的是阿群，他看着小草的

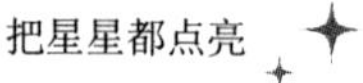

眼睛不断追问着。但小草只是挥挥手表示日后有机会再说。对于这件事，允辰是在状况外，君艾则因为接踵而来的事件惊讶得讲不出一句话，而芊芊只是讶异地看着小草，没有多说什么。

这是允辰跟芊芊认识四个月后的事。

不过虽然五个人的小圈子里多了一对情侣，但实质上的相处并没有发生什么变化。除了允辰跟芊芊私底下单独出去的频率变高了之外，大家还是会时常聚在一起吃饭聊天、聊八卦是非，通常都不是很认真地在讨论些什么，更像是出现了，让彼此确认没事，类似这样的感觉。

以前允辰会觉得这样的聚会很没有意义，后来才明白这样反而是最简单明白的一种培养认同感的方式。而他们之间也一直都是以这样的方式在相互维持着联系。一直到更久之后，允辰进一步发现，类似这样的聚会几乎都是由芊芊发起，而不是认知里最搞笑爱热闹的阿群。

“总要有人做这件事啊。”允辰曾经问过芊芊这个问题，但她这样回答，就像是一件理所当然的事一样。当时允辰并没有多作思考，只觉得每个团体都有各自相处的方式，直到后来才慢慢察觉，其实芊芊比他认为的更加重视他们的友情。她会以一种不着痕迹的方式照顾每个人的心情，发现有异就会私下关心，真要比喻的话，类似是四个人之间的黏合剂，让大家维持和谐与紧密的联系，就像是主动发起聚会这件事一样。这点也再次让允辰感到惊讶，再次推翻了他一直以为美女比较娇贵的偏见。

芊芊真的很看重友情。允辰不止一次这样想。

因为还年轻，所以允辰从来都没有想过结婚的事，对他而言，两个人相爱、相处，如果能够一直持续下去的话，有一天就会走到结婚。根本无须规划，也不用勉强，可是也不会排斥。对他来说，结婚是个自然的存在，自然到根本不需要特别去思考。对芊芊，他的想法也是一样。

即使芊芊是他理想的对象，这也并不会迫使他要加速去进行什么事情，他很喜欢这样的恋爱方式。若有一天真的有机会跟芊芊步入礼堂，他乐见其成，而芊芊也是这样想的。允辰甚至觉得两个人会一直走下去，直到某天，情况突然变了。

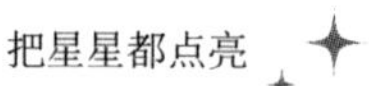

如今回想起来，当时情况的转变并不像是季节交替的气温一样缓慢，而像午后突然的一场大雨，让人措手不及，等到发现的时候已经全身湿透。

那又是一场旅行。

只不过不是只有他们两个人，而是跟君艾、小草以及阿群五个人一起同行。虽然他们五个人时常聚在一起，但真正一起旅行却是第一次。因为每个人的工作都不同，要同时有空闲可以凑在一起并不容易，所以就一直没有成行。很多事情都是这样的，都需要一点勉强、一点刻意才成得了。而这次的契机是因为小草失恋了，所以大伙儿陪他去散散心。

也就是因为这件事，允辰才惊觉，虽然他们已经认识了好一阵子，但其实他并不是真的了解其他人，因为在很短的时间内，他的注意力全都被芊芊占据了，然后自然而然就变成了跟大多数情侣的情形一样，有芊芊就会有他，有他就会有芊芊，两个人是一体的。允辰从来都没有私底下与其他人相处过，除了偶尔在茶水间遇到君艾会闲聊之外，他对他们的信息几乎是来自芊芊。

接着他也发现，初次见面时阿群那句“喜欢同性别的人是我”原来不是开玩笑，他的确喜欢男生。对于允辰来说，他对于同志并不会排斥，但也称不上认同，更精确地说，是“跟我没有关系”的思维，可以当朋友，但也不会特别想亲近。阿群是团体里最活泼的人，常常逗大家开心，似乎烦恼在他身上都会被消除。芊芊不是个八卦的人，所以她从来都没有讲过阿群的感情状况，允辰也从来都没有主动开口问过。

至于小草，则像是领导角色。话很少，但只要一开口，就会影响决定。他有个交往很久的女朋友，同样在台北念书，但因为两所学校距离遥远，所以各自住在离学校近的地方，周末才见面。交往期间两个人虽然总难免吵吵闹闹，但没有一回像这次这样严重。

不过允辰从来都没有见过小草的女朋友，他曾经这样问芊芊：“为什么小草的女朋友都不一起来聚会？”芊芊只是轻描淡写地回答：“你说梅子吗？大概就是频率不对，一开始有参加过，但后来都是小草一个人出席，我们也不方便多问。”

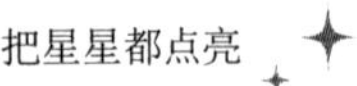

虽然芊芊说得笼统，但允辰其实知道她想要表达的是什么。年轻的时候，都会勉强自己去融入不适合自己的群体，可能是担心被排挤；年纪稍长一点后，慢慢会觉得自己感到舒服最重要，从此就再也不会过于强迫自己与别人。

只要无伤大雅，每个人都可以有自己想要的生活，这点允辰非常认同。

不过小草为什么会分手，允辰倒是从芊芊口中知道了大致的原因，主要是女方想要结婚，而小草暂时没有这个打算。当允辰听到这个原因时，心里还暗自庆幸着芊芊对于婚姻的想法与自己接近。

“那这段时间我们多约小草出来散心吧。”为了转移这么沉重的话题，允辰这样说。

“好啊，要不我们一起去旅行好了。”仿佛是给了芊芊灵感似的，她突然这么提议。

“我们……三个？”

“不是啦，当然是约君艾，还有阿群一起去啊。前几天阿群也有提起，大家从来都没有一起在外面过夜的经历，要找机会出去玩。”

“真的吗？”原来不只是自己没有跟他们一起出游过，连他们四个也没有过。对于喜欢旅行的允辰来说，简直是不可思议。

“是啊。”

“那好啊，就约大家一起出去玩。”

地点是垦丁。

与其说这是讨论后的结果，还不如说是去哪里都没关系。阿群还是一副好玩就好的模样，君艾则是大家说好就好，至于主角小草则是说了一句“我知道了”当作回复，因此，地点的选择就落在了芊芊跟允辰身上。

“去台中好了，天气宜人，也有很多特色餐厅，又不远。”一开始允辰先提了这个地点，但马上就被芊芊否决了。

“是不是去有海的地方比较好？心情会比较开阔。”

“应该没差别吧，只要换个环境就会不一样了。”

“但台中毕竟还是都市，人也很多……”

“那花莲呢？可以看到海。”

“花莲有沙滩吗？”

“这我就不确定了……啊，要不然就去垦丁吧。”

“垦丁？好啊，我也好久没去了。”

“好，我知道那边有几家不错的餐厅，可以去吃。”

由于大家工作状况不一，所以勉强只能凑出一个大家刚好都有空的周末出发，没有更多的假期。“两天一夜也不错。”阿群这样说。那是十一月的第一个周末。

他们租了车，打算直接从台北开车过去，只要一早出发，午后就可以抵达垦丁。车子由三个男生轮流开，但前座一定有一个人是阿群，如果不是由他开车的话，他就坐在副驾驶的位置：“前座视野比较开阔，我有幽闭恐惧症。”大家都知道后者是开玩笑，但也都顺着他。至于女生则是负责抵达后的第一餐，她们在出发的前一天晚上就已经把食材准备好了。

一路上，允辰特别留意小草，但他发现若是不特别说明的话，根本不会知道小草刚失恋，他看起来还是跟平时一样，甚至允辰还一度觉得是不是芊芊夸大了小草的状况。

下午两点，一行人如期抵达垦丁。芊芊订了一栋名叫“点亮星星”的白色希腊风格民宿，就在笼仔埔大草原附近，周围尽是一望无际的绿油油的牧草草地，站在山丘上还可以看到太平洋在阳光下波光粼粼的景色。而取名“点亮星星”，是因为在夜晚时可以看到满天的星星。

两层楼高的房子，整栋都漆上了雪白色的油漆，方正削圆边的造型，矗立在绿色的草地上，就像是撒上抹茶粉的奶油蛋糕，刚弯进小路远远看到时，阿群已经率先发出了赞叹：“哇！是这一栋吗？也太漂亮了，好梦幻！”里面共有四间房间，除了芊芊跟允辰是两个人一间之外，其余四人都是一人一间。当然，还有一个宽敞的厨房。

一楼进门处就是客厅，偌大的空间里是全白色的墙面，就连沙发也都是白色，只有上头的抱枕是唯一有色彩的；挑高的屋顶，从最高处悬挂而下一盏有圆弧罩子的大灯，同样是白色的，像是顶安全帽，整个客厅被大片的玻璃包裹住，宽敞明亮。

正对着门就是通往二楼的楼梯，楼梯是那种常见的回旋式，必须拐个弯才能抵达二楼。楼梯的左手边是厨房，右手边就是一间房，而浴室就在楼梯的正下方，二楼的浴室则在它的正上方。

“楼上有三间房，楼下只有一间，谁要住楼下？每层楼都有一间卫浴。”一进门芊芊就先问大家。

“都可以啊。”

“我也都可以。”

“那我住楼下好了。”小草说。

“好，那大家各自去放行李，我跟君艾先去准备午餐。”虽然一路上在车里吃吃喝喝个不停，但毕竟只是解馋的零食，仍无法填饱肚子。

“那我先去挑房间，顺道看一下房子。”阿群闻言立刻蹦蹦跳跳冲上楼去，其他人都一副“我早就料到”的表情。接着小草也转身进到一楼唯一的房间，于是允辰便连同君艾的行李一起拎着，说了声“那我也上去喽”，就往二楼走去。

允辰一踏上二楼，就发现阿群已经挑好了房间，他的行李放在右侧房间的床上，但人已经不见踪影。“上楼时没遇见他呀？往顶楼去了吧。”允辰往后回望，果然发现通往顶楼的楼梯。最后，允辰把君艾的行李放在中间房的地板上，自己挑了最左边的那间房间。

才开始整理行李没多久，就听到了楼下传来阿群夸张的笑声:“不是刚刚还在楼上？怎么就下楼了，动作真快。”允辰下楼想看看发生了什么事，结果看到芊芊一脸通红地站在厨房里，显得不知所措，而阿群则是对着她大声笑着，君艾正在一旁利落地准备午餐。

“什么事这么好笑？”

“芊芊竟然不知道煮意大利面时水里要加点盐巴。”意大利面？原来说的是午餐，他们昨晚准备食材时，就已经想好了抵达后要煮什么——方便又好吃的意大利面。

“加盐？对啊，是要加盐，可以增加面的弹性。怎么了吗？”

“哈哈哈哈，连允辰都知道，芊芊你好笨哦，哈哈哈哈……”

允辰此时才意会到，原来是阿群在刻意捉弄、调侃芊芊。近乎完美的芊芊，厨艺是她的弱项之一，但刚好允辰喜欢自己煮东西，因此芊芊只需负责洗碗就好。恰到好处的缺点，允辰这样想。

“这又不是人人必备的生活常识，没什么大不了的。”

发现芊芊一脸窘促的模样，允辰赶紧转移话题，“小草呢？”

“在外面，在前面草地透透气。”阿群回。

“你怎么知道他出去了？刚刚你不在楼下啊。”君艾一边捞起面条，一边回头问。芊芊已经开始摆碗筷。

“他的房门开着啊，”阿群用手指了指最右边那间房间，“如果不在房内，当然就是在外面啊，不然还能去哪儿？你也很笨。”

君艾耸耸肩，发出一声近似呢喃的“哦”。

“对了，你刚刚去顶楼，上面有什么吗？”允辰对着正瘫在沙发上准备打开电视的阿群问道。

“顶楼啊，就是一片空旷，没什么。不过可以看到更大片的海洋。”阿群头也没回，开始胡乱切着电视节目，最后停在电影台，上头正在播《永不妥协》。

“午餐好了。”君艾突然喊道，“谁去叫一下小草？”

“我。”应声的又是阿群，简直像是“过动儿”一般。

“这么快？”允辰拉了张椅子坐下，餐桌上有一大盘番茄意大利面、玉米浓汤、沙拉，还有苹果，“连水果都有，好厉害。”

“几乎都是现成的，只有面需要煮，汤也是买好的料包，所以很快。”君艾说着，主动选了与允辰隔了一个座位的位子坐下。芊芊也很自然地在那个空位坐下。

“好丰盛啊。”小草一进门就看到满桌的菜，发出赞叹。

“那我就不客气了，开动！”阿群率先吃了起来。

用完午餐，一伙人决定先到南湾踏浪，回程还可以到垦丁大街晃晃，顺道吃晚餐。

十一月的垦丁虽然已经不是旅游旺季，但依旧充斥着人潮，天气已经有点凉意，不过一眼望去，沙滩上仍错落着五颜六色的洋伞和泳衣，人们的嬉笑声此起彼伏。五个人都没有下水的计划，连泳衣都没带，只打算沿着海浪与沙滩的边缘散步，踩踩水就好。一路上小草始终单独落在最后头，大家也贴心地不去打扰他。

晚餐由于大街上人实在太多，原本允辰推荐的餐厅更是大排长龙，因此大伙儿便决定随意吃一点东西就回民宿。“反正如果饿了，冰箱里还有东西可以吃。”芊芊这样说。不仅是民宿、租车等，就连食物都是芊芊准备的，所以她最清楚里头还有什么。回想起来，才发现这趟旅行的所有

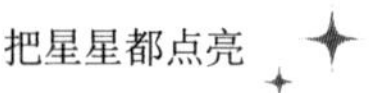

安排与规划，都是芊芊独自负责的。

离开热闹的大街后，终于感觉到秋天已经降临垦丁了，风吹在身上叫人打哆嗦，尤其回到民宿之后，因为周围很空旷，风像是从四面八方灌过来似的，大家纷纷把带的唯一一件薄外套给穿上。对了，外套也是芊芊提醒大家带的。

时间还早，时针才指着“9”的位置而已，于是阿群吆喝着大家一起玩大富翁。“大富翁？哪有这种东西？”允辰一脸疑惑，自从中学之后，他就没有玩过这游戏了，甚至怀疑自己是否已经忘了游戏规则了。

“我带了啊，我知道晚上会很无聊。很聪明吧。”阿群一脸得意，也不管大家是否答应，就蹦蹦跳跳地上楼，半晌就拿了一个纸盒下来，上头画了一个戴着西瓜帽的白胡子老爷爷，他的下方则用黄色的字体印着大大的“大富翁”三个字。

好怀旧啊！允辰心里默默说着这句话，但没脱口而出。原本允辰以为里头最有大人样的小草会对这样的游戏嗤之以鼻，但没想到他竟然也同意了。

大富翁一次只能四个人玩，所以理所当然，允辰与芊芊归为一组。

虽然说大家都已经很久没玩大富翁，但一摊开地图，摆上棋子，儿时的回忆就跟着涌了回来，连通了记忆的回路。就像是在很小的时候学会骑单车，长大后即使很久没碰触也不会遗忘一样，身体与大脑都牢记着那些感受。

最先输的是小草。由于盖了太多房子，导致现金短缺，最后难以翻身。“如果要赢就要敢于尝试。”小草这样说，但显然是个失败的赌注。表面上最计较输赢的是阿群，因为藏不住心思，所以脑中想的会从嘴巴跑出来，一目了然，好猜测；但实际上思量得最多的是君艾，她默默地买地，同时维持现金量，不张扬，所以不容易被发现。因此，允辰把她当成头号对手。

先结束游戏的小草说了声“我到外面透透气”，便径自一个人朝外面走去，接着坐在屋子前方不远处的大石头上。因为外面并没有路灯，所以看不清楚他的身影，只有烟头偶尔一闪一闪地在暗处发着红光，像是变种的萤火虫似的。

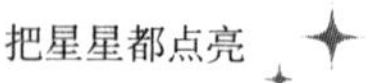

第二个输的是阿群。果然被我猜中了，允辰在心里窃喜。“怎么会这样啦，大富翁好无聊。”阿群耍赖地往后瘫在沙发上大喊，然后突然又一个翻身嚷着，“我不玩了，我要去顶楼看星星。”说完便弹跳起来奔上楼去，跟下午抵达时一样。

阿群离开之后，顿时安静了不少，但游戏也开始变得无味，不过还是想比出个输赢啊。允辰在君艾脸上也看到了一样的神情。可能也感受到了两人坚持下去不服输的气场，芊芊无可奈何，只好说：“外面好像有点冷，小草没穿外套，我拿出去给他。”说完就捞起沙发上的黑色外套往外走去。

空气更安静了。

大富翁是个极依靠运气的游戏，要么很快就分出胜负，要么就会变成一场耐力赛，互相拉扯，而现在就是这样的情况。允辰与君艾拥有的土地与现金几乎一样多，于是只能不断地加盖房子，然后祈祷命运的骰子让对方走到自己的土地上，一举破产。不知道这样僵持了多久，一直到阿群的声音再度出现。“还没结束啊？你们太夸张啦。”允辰此时才发现，阿群说话常常会在语末加个“啦”字，然后尾音升高。“哈。”像是被指出怪癖的小孩一样，君艾发出了一声干笑，然后赶紧说，“那今天就到此为止，我们平手，改天再玩。”

“好啊。”允辰心里也暗自松了口气，转头询问阿群，“星星多吗？”

“……嗯？什么？”

“你不是上去看星星了吗？”

“哦，对啊，不是很多，云层太厚啦。”

“你干吗专程跑去顶楼看啊？去门口就看得到呀！”君艾边收拾大富翁边问。

“因为那里离星星比较近啊。”阿群嬉皮笑脸道，“小草跟芊芊还没进来吗？”

话音刚落，就看到他们两人从门口进来。“不愧是‘点亮星星’，好漂亮啊。”两个人边进门边异口同声地说，原本正在收大富翁的君艾也闻声抬头望着窗外，看来云已经散掉了，星星出来了。

芊芊边用手搓着手臂边说：“不过越晚越冷了。”

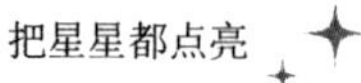

“那赶紧去洗热水澡吧，不要感冒了。”允辰催促着芊芊。此话一出，大家也就顺势回去各自的房间，只剩下阿群还在客厅看电视。当天晚上允辰睡得很好，他想或许是开了半天车的关系。隔天他问芊芊睡得如何，芊芊说她大概水喝多了，起床上了几次厕所。早餐还是由君艾与芊芊准备，虽然只是简单的三明治，但大家吃得津津有味。用完餐之后，把握时间，芊芊提议去鹅銮鼻灯塔走走，接着用完午餐后再回台北。

鹅銮鼻灯塔是由一片大大的草地，还有浓密的绿荫组合而成的地方，有种南部特有的辽阔感，天空被拉得很高很高，没有边际似的，园内还有一处珊瑚礁石灰岩地形，非常奇异、漂亮。

虽然说昨天晚上温度低得叫人发抖，但一到了白天，这座南洋小镇就是一副夏天的姿态。灯塔的入口处有成排的摊贩，贩售着由各式大小贝壳做成的摆饰或是猫眼石等宝石制成的项链、手环，都是极富民俗风情的纪念品，这些东西随着时代的推移在其他地方已不常见了，但这里却像是停留在十年前一样，不仅景物没变，连供旅客带回去的伴手礼也是，时光仿佛不曾在这里留下痕迹。

穿过纪念品区就是入口，是一栋只有一层楼高、由白色与红色砖砌成的七扇拱形门的建筑。收票人员在票根上撕去一角后，就可以正式进入鹅銮鼻公园了。但灯塔是在山丘上，还要穿过一小片的大王椰子树后再往上走一段斜坡路，才会抵达。

“可以给我水吗？”正当一行人嘻嘻哈哈往上走到半路时，芊芊突然转头问允辰。

“水？”因为出门时天气还凉爽，为了减轻重量，允辰出门前还说服芊芊两个人共饮一瓶就好，就跟在葡萄牙一样，水由他携带。但没想到天气热得快，允辰一不留意就把水给喝光了，“啊，抱歉，我忘了你也要喝，等会儿下来时再买一瓶，好不好？”放眼望去，附近连贩卖机都没有。

“你喝光了？”

“对，抱歉，抱歉。”

“每次都这样，没有顾虑到我的感受。”即使是刻意压低声量，允辰也感受得到芊芊语气里的愠怒。但让允辰惊讶的并不是生气这件事，而是平时善解人意的芊芊竟然会为了一瓶水如此严厉地指责他。

“我？我怎么了？”

“昨天午餐时也是，你也站在君艾那边一起嘲笑我。”

允辰感受到芊芊刻意放慢脚步，跟其他人拉开距离。

“我没有啊，我不知道发生了什么事啊。”

“你根本没有考虑我的感受。”

“我觉得你这样说就太夸大了，我没有那个意思。”

“水也是你坚持只买一瓶，结果还把它喝光。”

“水的事是我不对，我承认，也道歉了，但不可以把其他事混为一谈……”

“你的意思是我无理取闹？如果是这样，那就不用继续说了。”

“我不是那个意思……”

“那是什么意思？”

“我……”

就在允辰还想试图解释时，君艾的声音插了进来：“喂，你们两个在干吗？快上来啊。”声音从五十米外的斜坡上传来，原本寻常的话语都变成了呐喊。

“好，马上来。”芊芊应答了回去，并快步跟上。

被留在原地的允辰，二话不说往反方向奔去。

“允辰，你要去哪儿？”

君艾见状大喊，芊芊也跟着回头。

“我去买水，你们先往上走，我等下就跟上。”

事后，表面上看起来芊芊是气消了，允辰也觉得不是什么大事，就没有放在心上，但那次的争吵却像是一个开关，“咔”的一声，两个人的关系一瞬间就由亮转暗。允辰至今仍不明白，当时发生了什么事。也或者是从来都没有发生任何事。

突如其来的一场大雨。

回到台北之后，一切又回到了轨道上行进，上班、下班、聚会，像是什么都没有改变，但允辰却发现芊芊开始疏远自己了。并不是什么决绝的冰冷，而是一种没有温度的对待，先是见面次数减少，跟着是接电话频率也降低了。与

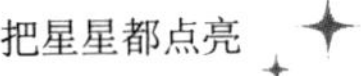

其说是找不到理由见面，不如说是找尽借口不碰面。

允辰试图厘清问题点，但就连回应也没有任何的温度。允辰谈过恋爱，清楚地知道这是什么样的含义与征兆。只是他不明白到底是为什么。

最先察觉这件事的是君艾。允辰猜想是因为她是芊芊最好的朋友的关系，所以或许芊芊跟她说了些什么，他也可以借此多知道一些芊芊的真实想法。

然而没有。

“芊芊前几天还到我家找过我，但什么都没有说，看起来也没有异常。真是奇怪。”

君艾的回复虽然没有解决允辰的困惑，但却意外地搭起两个人的桥梁。当时允辰只是单纯地觉得，即使君艾无法代替芊芊说话，至少也可以为自己发声，可以当作沟通的媒介。可是不知不觉地，诉苦就变了调。

一开始只是允辰单方面地倾诉，君艾只负责听，她是很好的听众，但后来两个人开始渐渐聊起彼此的事情，这时允辰才发现原来自己并不了解君艾；再接着，他们会刻意约好一起去茶水间倒水，一起吃午饭，一起下班搭车回家，甚至开始出入彼此的住处……那些没有回应的电话，都在君艾那边接通了。

允辰明白这或许只是一种感情的转移，但是等到他意识到时，已经走在不一样的道路上了。他也不明白事情是在何时发生的，然而一切都像是水到渠成，他们两个都没有抗拒任何事。

允辰从来都没有想过自己会是个劈腿的人，而且对象还是自己女朋友的好朋友，这不是他会做的事。他虽然有很多缺点，但不会刻意去伤害别人。

“对不起，我没有想要介入你跟芊芊……”

他们第一次做爱后，君艾的这句道歉，才让允辰惊觉君艾确实有资格比自己更加自责。她是芊芊最好的朋友啊，她要面对的不是与自己短短几个月的感情，而是长达十年的情谊。

“不是你的错，是我。”然而，此刻允辰想要保护的人已经是君艾。他觉得自己对君艾已经有了责任。

如果一定要对不起一个人的话，他宁愿是芊芊。会这样想，很糟糕吧。允辰清楚地知道后果，这是他的自私，他无法否认。

决定跟芊芊分手是允辰的意思。既然伤害已经造成，那就只能降到最低，先提分手，把责任揽到自己身上，君艾需要承受的就可以少一点。这是身为男人应该做的事。“真的要跟芊芊说吗？她会不会承受不了？”君艾的担忧，让允辰更加不舍。此时她还在顾虑着芊芊。

“我会好好处理的。”

“我不希望芊芊受到伤害……”

“放心，我不会先跟她提我们的事，等过一阵子有机会再说。”

“那……你打算什么时候说？”

“明天下班就去。”

“不会太快吗？”

“现在已经没有所谓的太快了。”

“嗯，也是……”

“还是我现在就打电话给她……”允辰作势拿起手机。

“不，不要，”君艾连忙制止，“当面说比较好，明天再说吧。”

“的确是当面说比较有礼貌，好。”

虽然已经下定决心，但隔天允辰还是一直拖到下午才拨了电话给芊芊，那头同样是没温度的回应。原本允辰还担心芊芊不会答应见面，毕竟这两个月以来她总是会找理由拒绝，但出乎意料的是，虽然一开始有些迟疑，但芊芊很快就答应了。他们约了晚上九点。

挂掉电话后，允辰传了个信息给君艾，上面写着：“跟芊芊约了晚上九点，谈完后我们再见个面？”三十秒后，君艾回复信息：“好。”允辰的心脏狂跳。

到达约定的咖啡馆之前，允辰在心里排练过许多次要讲的话。他并不善于处理坏事，人生也一直在尽量避免这样的状况发生，他是个中庸的人，不突出也不特别，这让他觉得安全。

抵达时，果然芊芊已经在里面了，就坐在角落的位置。连今天她都还是提早到。允辰心里溢出一点苦涩。

约在咖啡馆是君艾的意思，因为在公众场所，可以让人继续保持理智。但不是他们常去的小角落，而是陌生的咖啡馆。“最好约一个不熟悉的地方。”她还这样补充。

“为什么？”“不会那么放松，可以保持专注力。”这些话都很有道理，因此跟芊芊约碰面时，当芊芊主动提议了她家附近的连锁咖啡馆时，他毫无异议地答应了。

有某一个瞬间，允辰甚至觉得芊芊怎么会如此熟练这些安排，仿佛是经验老到或是早就计划好了一样。

“嗨。”

“嗨。”等到允辰的一声招呼，芊芊才发现他已经来了。她把视线缓缓从手机屏幕上头抬起来，尴尬地撇了一下嘴角。

“最近好吗？”

对自己的女朋友问出这样的话，允辰突然觉得荒唐，但同时也轻叹了口气。一直到这一刻，允辰还是不明白两个人怎么会弄成今天这种局面，他追问过芊芊无数次这个问题，因为得不到回应，最后只好问自己。可是，到现在他还是没有找到答案，在没有答案的地方找出口是不会有结果的，谜底从来都在芊芊手上。

“都……还好。”芊芊说完，自己也轻笑了。想必也是发现这个问题的可笑，“我帮你点了热茶，我记得你晚上不喝咖啡。”然后把茶推到他面前。

“谢谢。”茶还是烫的。

“那你呢？”

“我吗？也还好。”

“今天找我什么事？”

什么叫“找我什么事”，我们不是情侣吗？不是应该要时时知道彼此的状况吗？是谁让两个人落得现在的境况？允辰觉得自己被冒犯了。

“我觉得这句话，应该是我要问你的才对。”一瞬间，允辰突然想问个明白，“我们之间到底发生了什么事？不，应该是说，你到底怎么了？”

今天之前，原本他已经打算不再追问什么了，更正确地说，是已经放弃再追问。他没有决定权，只是被宣告出局，这是被迫的选择，他从来都没有服气过。

“是因为那瓶水吗？”

“水？”

“鹅銮鼻灯塔的水。”

“哦，不是。”

“那到底发生了什么事？为什么从垦丁回来之后，你的态度就变了？”

“抱歉，不是你的错，我只是觉得我们太快在一起了。”芊芊边说边把头低下。

“太快在一起？这是什么意思？这不是答案。”

“这就是答案……”

“不，太快在一起是问题，而不是你变冷漠的答案。一定有其他原因。”

“对我来说，这就是答案。”芊芊把头抬起来直视着允辰。

允辰看不出她的情绪，疲倦、失望……还是伤心？

“我无法接受这个答案。”

“我知道你无法接受，所以才一直都没说……但对我来说，真相的确是这样。”

“嘟。”芊芊的手机屏幕突然闪了一下，跳出个信息，几秒后屏幕又熄灭。芊芊点开了信息又关上，视线还是停留在手机上头。也太不尊重人了，竟然还看手机！这样的举动让允辰大为光火。“既然如此，我们就到此为止吧。

我想你也不会介意。”几乎是一鼓作气，允辰一口气把话都给说完。

“嗯？”仿佛像是刚从梦境中醒来一样，芊芊抬起头，一脸迷惘。

“我说，我们分手吧。”

“你……有喜欢的人了？”芊芊突然这么问。

允辰的心跳先是漏了一拍，然后开始在耳边发出巨大的声响，芊芊发现了什么吗？不可能，他跟君艾很低调。

“当然没有，有问题的是你，不是我。”允辰尽可能用最平稳的语气说话，然后又把问题丢回给芊芊。

有那么片刻，允辰其实心底希望芊芊可以挽留自己，我们可以再努力试试，我们不要这么快就放弃……一直到现在，允辰心里都觉得他跟芊芊还没有到应该分手的地步，他们没有无法化解的分歧，还有好多地方可以一起去，怎么就说再见了呢？遗憾的气息仍旧强烈地弥漫在他的心里。

然而，芊芊没有。

“我只是希望，你可以跟你的下一个女朋友，不管是

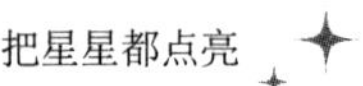

谁，都能够幸福。”她这样说。

明明是祝福的话，但允辰听起来却感觉无比残酷。同时却也让他松了一口气，芊芊没发现。

“你放在我那边的东西，我会拿给君艾。”听到君艾的名字，允辰又警觉了一下，随即才想起，其实芊芊说的是，你跟君艾同公司，所以会请她转交。

“嗯，好。”允辰僵硬地答应，暗自希望芊芊没有发现自己的心虚，“那就这样，我还有事，先走了。”芊芊只是点了点头。一推开咖啡馆的门出来，外面的低气温冻得允辰打了哆嗦，此时他才想起，刚刚放桌上的那杯热茶，他连一口都没有喝，现在应该也已经凉了吧。允辰赶紧把外套拉链拉上，往地铁站的方向迈步，然后拨了电话给君艾，出发去她家找她。

才九点半不到，没想到这么快。在地铁上，允辰看了一下时钟，心里面充满感触，虽然交往时间不长，但毕竟是真心喜欢的人，要分开还是会舍不得。甚至，原本还预期芊芊可能会有的激烈反应才约在外面，没想到都没有派上用场，或许芊芊心里比他还想分手吧。想到这，允辰不禁苦笑了起来。

芊芊家与君艾家一个在南一个在北，坐地铁还要约三十分钟的时间，反而是他住得离君艾最近，只要三站的距离；而离芊芊最近的阿群，刚好就住在同一个地铁站附近；至于小草则刚好是在大家中间点的位置。

不过允辰其实知道，过了今晚，或许大家的关系就会不一样了。他本来就是个局外人，是因为跟芊芊在一起了，所以才跟大家熟稔，现在再因为分开而退出，也没什么好奇怪的。而短时间内，他跟君艾的关系也不会公开，即使公开了，大家可以接受他再加入吗？心里头很难没有芥蒂，君艾的处境更是尴尬。但那是之后的事了。

在许多时候，我们能够做到最多的并不是去控制未来，而是活在当下，去试着让每一个现在过得好，然后希望以后的日子可以好转。

然而没想到一出地铁站，允辰就接到了阿群的电话："芊芊自杀了！"于是他赶紧跳上了出租车，直奔芊芊家。

此刻，出租车上的电台正播送着他跟芊芊初相识时的歌，显得格外讽刺。一直到芊芊家巷口时，允辰才想起了与君艾的约定，“糟糕！”但没想到车门才一开，就看见君艾也正好在对面下了车。

第二章 亲友

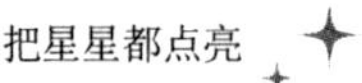

看到允辰时，君艾先是吓了一跳，但随即明白了为什么。虽然已经看到允辰在马路对面，但她并没有留下来等他，径自快步往芊芊家走，等到允辰跟上时，他问君艾：“你也接到阿群的电话了？”

君艾没有答话，只是点了点头，仿佛全身的力气都用在走路上头了一样。她的额头在冒汗，心脏狂跳，手脚在颤抖着：“一定要没事啊！”从接到阿群的电话那一刻，君艾已经在心里这样祈祷过无数次。

“距离大马路数过来第四个路灯的位置，就是我住的地方。”君艾第一次来芊芊家时，因为担心她找不着，所以芊芊便这样告诉她。这是她对芊芊住的地方的第一个印象。

这一区的房子都是老公寓，多在同一个时期建盖，有着同样的瓷砖墙面，还有上头同样因为多雨天气而留下的污渍，甚至连每户人家后来自行架设的铁栏杆都长得一样，整个区域的房子看起来就像是复制粘贴的似的。

“下雨的时候，整排的房子就像在哭一样。”君艾突然想起，芊芊曾经这样介绍她住的房子。但现在看起来，却像是死寂的废墟。

芊芊住在六楼，是一处顶楼加盖的，一楼入口并没有大门可以管制进出的人，每个人都告诫过芊芊这样不安全，劝她搬家，但她总笑说：“没关系，可能再过十年就爬不动了，到时候再搬家。”

顶楼只有一个房间，像是从平地上突起的一个方块一样，旁边一圈都是晒衣服的阳台，每到盛夏，这栋房子的住户都会到这里晒棉被，君艾曾经见过这样的场景，随风飘荡着各种颜色的被单，像是加工厂一样的奇异画面。可是在大多数时候，这里就只有一间房间孤零零地杵着。君艾突然想起“点亮星星”，是啊，这里多像是垦丁那栋孤立在草原上的房子啊！

其实芊芊很喜欢这个地方，君艾知道。因为与家里的关系并不亲密，虽然表面看起来和善客气，但其实芊芊的内心筑着一道围墙。不容易亲近别人，也不容易被接近。所以当初听到她跟允辰这么快就在一起时，她才会这么惊讶。

君艾与允辰快步奔上六楼，芊芊的房门紧闭着，但灯还是亮的，门口的盆栽散落一地，想必刚刚有一阵慌乱。两人用力敲打着房门喊叫，但里头没有回应，此时君艾才想到，应该是去医院了。

允辰拿出手机拨电话给阿群，但电话占线中：“该死！”

“在A医院。”君艾突然说，然后冲下楼。

“嗯？”

“看手机信息。”她头也不回地大喊，原来阿群已经发了信息通知，他们有一个五个人专属的群组，只是因为方才都没有人看手机，所以没发现。允辰快步跟上。两个人跑到巷口，随手招了一辆出租车直奔医院。车上的空气像是凝结了似的，没有人说话，两人的眼睛直视着前方，就像是可以穿越车潮，看到遥远的地方一样。

“是我害死了芊芊。”

突然间，君艾冒出这样一句话。

“什么？”

“今天中午……我……跟芊芊说了我们的事了。”

“什么！你为什么要这么做？”允辰睁大眼睛，一脸的难以置信。

“因为嫉妒。”

“嗯……嫉妒？但你们是最要好的朋友啊。”

“好朋友就不能嫉妒吗？”面对允辰的疑惑，君艾用了另一个问题来回答。

“这……”

“你是不是第一次见到芊芊，就被她吸引了？”接着君艾又问。

“……是的。”允辰轻轻地点了点头，突然感觉到自己的轻浮而低下了头。

“一直以来芊芊都是众人注目的焦点，从我们认识的那一刻起。在她身边，我只是不起眼的跟班而已。有时候我甚至会觉得，自己只是她的陪衬。”

“芊芊不会这样想。”

“我知道。”君艾没有反驳，“因为我也曾怀疑过芊芊，是不是因为我的平庸而故意挑选我当朋友。但事后证明她是真心对我好。不，人跟人的相处多少都有点目的性的，正确来说是，她对我并没有多余的利益上的考量。芊芊跟我相处，并没有想要获得除了友情之外的其他东西。

“……或许这样说你不会相信，但我是真心关心芊芊，她是我最重视的朋友。”

“那为什么你要跟她说我们的事？不是说好由我来说，不是说好先隐瞒一阵子再提，不要对芊芊造成伤害的吗？”

“但我想看到她受苦。”

“什——么——？！”

“因为你。”

“我？”

“嗯。”君艾只是点了点头，没多说话，仿佛在思考什么似的。好半晌，像是下定决心似的开了口，“你不知道我喜欢你很久了，对吧？”

“什么时候？”已经满肚子疑惑的允辰，现在更是一头雾水。

“你记得我们第一次见面的场景吗？”

“我记得，是在茶水间。当时你正在集波波狮的点数，对吧？”

“你果然不记得。”像是印证方才说的不起眼似的，君艾带着一丝苦笑，“在更早之前，我们曾经在电梯里遇到过。当时我才踏进公司大厅，正看到电梯门要关上，于是匆忙地往电梯里冲，是你帮我摁住了开门键，那时我跟你道了谢，你回了我一句‘不用谢’。当时的时间是九点二十八分，若是没有搭上那班电梯，我一定会迟到，是你帮了我。”公司规定的上班时间是九点三十分。

“这只是小事。”

“但并不是所有的人都会愿意这么做，因为这样可能会让你也迟到。”

因为帮忙按住电梯开关的关系，所以君艾当时透过电梯里的镜子反射特别注意了允辰，当时他满脸泛红，只有眼睛周围有一圈白色的眼镜形状，是雪镜（在雪地里因为担心反射的光线刺伤眼睛所戴的眼镜）吧，但也因为除了眼睛周围外没有保护，所以才会被晒红。当时君艾是这样猜测。

一直到后来再熟了一点，她才从允辰的脸书上发现，其实他并没有去滑雪，那是登山的成果。允辰很喜欢登山，而君艾喜欢的类型也是会登山的男生，因为她觉得喜欢登山的人的性格里都会有种踏实感。

“之后我们也在电梯里或茶水间遇到过很多次，你总是在九点二十分左右到公司，对吧？”

“对不起。”

“为什么要道歉，你又没犯错。”

“我只是觉得自己该道歉。”

“呵呵，你是心肠很好，第一次见面时我就发现了，所以才会喜欢你。你知道吗？其实我并不喜欢波波狮。”

“那为什么……”允辰从来没有想到他在一个晚上会说到这么多次的“为什么”。

“因为你喜欢它。我在茶水间看到你拿着波波狮的杯子。”

“所以你是为了我才集点数……”允辰懂了，也明白了君艾所说的嫉妒，“可是你为什么会知道我是单身？”

“我们公司的人并没有那么多。”君艾觉得允辰很天真。

茶水间其实很小，以一条仅两个人就需要侧身才能够经过的通道为中心，右手边是流理台及微波炉，左手边则是饮水机与冰箱，除此之外就再没有更多的空间了。只要有人站在走道中间，就会挡住另一个人的去路。

君艾第一次在茶水间遇到允辰时有点惊讶，在电梯时，她看过他身上挂着的识别证，因此知道两人是同一家公司，然而这栋大楼有一半以上都是同公司的员工，所以并不奇怪，但不知道的是原来他们两个人恰巧是在上下楼层，还共享一间茶水间。君艾喜出望外。

当时她看到允辰刻意站在角落泡茶，正将茶包线绕在汤匙上，然后在杯缘内侧挤压着，试图压出多余的茶水；而离开前，还特地用纸巾将流理台上的水渍擦拭干净，加上之前电梯内的举动，君艾对允辰印象更是深刻。他是个谨慎认真的人。

允辰很高，大概有一百八十厘米，皮肤很白，嘴角会微微上扬，而且有着孩子气的眼神，对，笑起来眼睛会眯成一条弯弧。发现这件事时，君艾有点惊讶，因为允辰的眼神有种大人没有的纯真气息。这也是君艾第一次更清楚地看见他的长相。其实允辰的长相并不是君艾喜欢的类型，太随意，太小孩子气，他喜欢的对象向来是稳重的类型，像山一样的人。但因为允辰散发出某种坚定的气息，才让君艾忍不住在意起他来。

这家公司说大不大，说小不小，但也足够让君艾知道她必须知道的事，如允辰单身。

于是，此后她特别观察了允辰上班的时间、到茶水间的时间，刻意选在同样的时间点出现，创造相遇的机会。“你每周都会去公司后面巷子的一家店吃麻油面线，对吧？”

“你怎么知道？”允辰有点惊讶。公司附近只有一家这样的店，允辰的鼻子立即嗅到了麻油与酒混杂的浓郁气味。

“我在那边遇到过你几次。”君艾没说的是，为了能跟他多碰面，她曾经连续一个月的午餐都在那里吃。

君艾一度以为，这会是一种累积。即使微小、一点点也可以，就像是沙漏般累计着时间，终有达成的一天。只是没想到芊芊一出现，一个反手就把沙漏给转了向。岂止是前功尽弃，更多的是溢出来的不服气。

可是，芊芊是星星啊。君艾怎么会忘了。

“我永远都记得第一次跟芊芊见面的画面。”君艾自顾自地说了起来。

允辰用极其小的幅度点了点头，发出了一声极轻的“嗯”，小到连他自己都不确定是否有发出声音。

“那是在高中开学的第一天，按照惯例每个人都要上台自我介绍，我向来都很讨厌这样的时刻，我极其平凡啊，没得过奖，也没有什么坎坷的身世，就连长相也平庸，总之是所有平凡的结合体，是那种永远都不会占据新闻版面

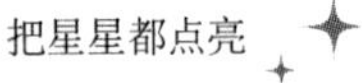

的人。所以即使介绍了，也没有人会记住我。最后也只能勉强说出‘妈妈很会煮菜’这样的话来炫耀而已。

“我从来都不是显眼的人，是在人群里轻易会被淹没的那种，别人对我最大的印象一直就是：负责任、认真之类的描述，从来不会有别的。”

“但这并不是坏事。”

“现在不是，但在年轻的时候是。”君艾的眼神闪了一下，“年纪小一点的时候，每个人都会想要成为焦点的啊，一定多少都怀抱着这样的愿望。然而，芊芊就是那样的人，她只要一上台，不，一出现就会是焦点，她不是刻意的，那是她与生俱来的光环，就是这样才更叫人无法忍受。但是这样耀眼的她，却愿意跟我当朋友。”

“什么意思？”

“第一节下课后，芊芊主动过来问我要不要一起去福利社。大家都是新生，虽然几乎每个人都不相识，但却奇异地形成了一个一个的小团体，仿佛是刚刚的自我介绍产生了作用一样，而我又照惯例被忽略了。所以此时只要有人出现，你就会不顾一切地抓着他不放。在那个时刻，芊芊简直是我的救命恩人。”

“所以你们就变成了好朋友？”

“但我一度以为我们不会变成朋友。”

“嗯？”

“你知道吗？高中生是很势利的年纪。大家都只会跟自己觉得匹配的人在一起，那些可以在同一个圈子的人，仿佛都像是获得了某种认证一样。所有的朋友都是挑选过的，而且是在不自觉的状态下做出这样的选择，这点多可怕。”

“我知道你说的是什么。”

“所以我跟芊芊不会是朋友的，当时我这么以为。可是她第一堂下课来找我，第二堂下课也来找我……不知不觉我们就整天都腻在了一起。加上芊芊在高中时就独自住在外面，对于住在家里的我来说，简直羡慕得不得了，正好有个去处，所以每天下课都往她那里跑，一直到晚上才回家。不过，这并不是我们成为好朋友的原因。”

一直到今天晚上，允辰才发现芊芊对自己来说竟然是个像谜一样的人，就连她会自杀也是，这不像她会做的事。

或者对每个人来说都是一样的，每个人都会隐藏自己，这是一种自保的本能。人无论多靠近，都无法完全了解一个人。

“我跟芊芊之所以会那么亲近，其实是因为她跟家人的关系不好，这也是芊芊高中就搬出来住的原因。”

这件事让允辰有点惊讶。

“芊芊的父母在她小时候就离异了，据说是母亲有外遇，所以其实她是由奶奶照顾长大。一直到上中学奶奶去世后，才回到父母的身边，不过是轮流在父亲与母亲两边跑。”

“轮流？”

“对，因为她的父母都已经各自再婚有了家庭，也都有了孩子，早就展开新生活了。

芊芊对他们来说就像是年轻时犯的错，一个急欲掩盖的疤痕般的存在，所以芊芊总被他们像个皮球一样踢来踢去。长大后我才发现，其实芊芊要的不是朋友，而是亲人。我比芊芊大几个月，所以也就理所当然地把她当成妹妹看待。”君艾的眼神暗了下来，“知道这件事时，其实我有点窃喜。”

“嗯？”

“啊，你不要误会，我不是因为芊芊不幸福而开心，而是觉得自己终于有一项赢过她了……这样的我，很卑鄙吧？”

“你只是诚实罢了。”

“现在想起来，其实我更像是芊芊的浮木。你知道吗？我曾经测试过芊芊。”

“……什么？”此刻眼前的君艾让允辰感到陌生不已，“或许是自卑的心态在作祟吧。”

“自卑？”

“对，自卑。”君艾点了点头，“从小就不起眼的自己，突然多了一个像是星星一样耀眼的朋友，觉得实在是太不切实际了。就像是穿了一件过度昂贵的衣服在自己身上一样，不仅别扭，最后还开始怀疑起是否为仿冒品。所以，我故意把一个没人知道的小秘密告诉了芊芊。”

“啊，这是测试？”

“是的，但芊芊没有说出去。”君艾停顿了一下，

“故意说出了一个秘密当作测试，简直像是跟恶魔交换条件。”

高中女生所谓的秘密，不过都是曾经暗恋谁之类的芝麻蒜皮的事，但在那个年纪，却是惊天动地的大事，是值得大肆嚷嚷的不得了的情报。但芊芊并没有把它说出去。

“因为工作的关系，我无法请长一点的假，所以能出去的机会也不多，尤其是欧洲。自从芊芊知道后，每次只要到海外就会主动带一个星巴克的城市杯送我，她说：‘这样就像你也去过了一样。’”

允辰静默着。

“芊芊是真心对我好……我真是个差劲的人。”君艾掩面啜泣了起来，允辰只能抚摸她的背安慰，“可是芊芊却接受了这样的我，而我仍然伤害了她……”

现在的他们，并不适合拥抱。车子在车流中缓慢地前进着。

君艾感受到允辰的手指轻柔地由她的上背滑到下背，然后再顺着脊椎爬了上来，周而复始地重复着。这一刻她突然有种感觉，这或许是自己跟允辰最后一次能以这样的方式相处了。然而，她并不再觉得可惜了。

君艾心里知道，自己会抢先在允辰之前就告诉芊芊是出于报复的心态，因为她觉得是芊芊抢走了允辰，芊芊明明知道她也喜欢他，但还是夺走了他。

她不在意人们总是喜欢芊芊、总是会被她吸引，但对于芊芊仍接受了允辰，这点她始终都无法释怀。更何况，允辰并不是芊芊喜欢的类型。

终于还是发生了！

知道芊芊跟允辰交往的一瞬间，这样的念头跃上了她的脑海。

是啊，君艾早该知道允辰会受到芊芊吸引，所以才千方百计阻止他们一起去葡萄牙，但没想到担心的事还是发生了。她一直觉得自己跟允辰已经认识了好一段时间，牢靠了，有根基了，所以才敢大胆地邀他一起参加聚会。当天聚会之前，她甚至还特地发了信息给允辰，除了说明地址外，更重要的是还一并附上了交通方式，刻意提示了距离哪个地铁站的几号出口最近。

而且，她特别穿了平时上班不会穿的裙子，化了淡妆，

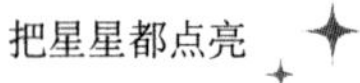

刻意提早半小时抵达地铁站，在出口等他。他们当然没有先约好，但君艾知道不能让允辰单独先见芊芊，芊芊总是会提早抵达，这样太不保险了。她知道第一印象的重要性。

但让君艾没料到的是，允辰是骑了摩托车赴约，他终究还是单独先见到芊芊了。担心的事还是发生了，就像命中注定的一样。

为此，在当天聚会之后，君艾特别留意了允辰跟芊芊的互动，发现他们并没有过多的交流，芊芊没有特别提起过允辰，她喜欢的向来是带点阴郁气质的男生，允辰的样子太小孩子气了；而允辰也没有向她打探起芊芊，这才让君艾安心不少。

所以当她知道他们在一起时，她很生气，对，是生气，而不是惊讶。仿佛是早在心里预演过千百次一样，知道这件事会发生，而且是必然会发生的，所以当它真的发生时并不会讶异。该讶异什么呢？只是，还是会难过。

终于还是发生了！从心里面溢出来的悲伤几乎淹没了她。

允辰明明不是芊芊喜欢的类型，但他们还是在一起了。君艾甚至开始怀疑芊芊是故意抢走允辰，那就更加无法谅解了。

君艾没说出来，但她在聚会那天是隐隐把允辰当成了预备男友而介绍给大家的。她没有说过，但她这样想过。

当时君艾不明白为什么自己会如此伤心，她知道自己的生气所为何来，但无法追踪伤心的来处。因此，她只能不断问着："真的吗？"当允辰宣布他们交往的消息时，那种获得宝物的神态、一旁的芊芊那羞怯的表情，都让她想要抓狂。

芊芊旅行回来后，明明还拿了里斯本的星巴克城市杯来给她，但却没有告诉她这件事，而是选择当着大家的面宣布。对君艾来说，这简直是一种羞辱。

也因此，日后只要有机会，君艾就会找芊芊的麻烦。不能太明显，最好是那种不起眼的小事，就像是煮意大利面忘了加盐这样芝麻绿豆的事。这是她应得的，这是芊芊应该付出的代价，所以君艾并不觉得有任何不对。

甚至有一段时间，她还刻意在脸书上屏蔽芊芊，君艾

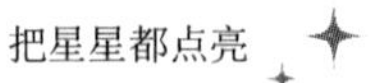

知道这样很幼稚，但这也是一种发泄怒气的方式，她知道，但她并不想停止，因为唯有通过这样的方式，她才有可能原谅芊芊。

君艾并不想讨厌芊芊，她只是伤心她跟允辰在一起了。

她最重视的朋友，她最喜欢的人。她什么都可以不计较，唯有允辰，无论如何她都不要让出去。

日后君艾才发现，自己的伤心来自她觉得自己的宝物被偷走了。而自己，其实从来都没有拥有过它。她曾经有过机会的，她曾有过，最叫她伤心的是这点。

所以当允辰向自己求助，诉说跟芊芊的感情状态时，她觉得机会终于来了。第二次的机会。她忘了在哪里看到，每个人其实都有第二次的机会，而现在就是那个时刻。

脆弱的男人最好征服。

因此君艾从来都没有帮允辰的打算，与他的深夜谈心，或是对芊芊的关心之情，其实都只是一种算计。卑鄙，她知道，但她就是忍不住。

但与允辰做爱这件事并不在君艾的计算范围内，她知道自己急欲报复，但却没有卑劣到用性去交换什么，她只是知道这件事是必然会发生的，所以当发生时也只是顺水推舟。

一点酒加上一点体贴，再辅以很多心碎，还有什么不可预期的？可以预测，但她不要阻止他。

她不是贞节烈女，君艾知道。所以她要让它发生，发生之后允辰就会二话不说承担下来，他是个好人，根本不用她多言。所以，她问的是：“你打算何时跟芊芊说？”问这句话的时候，她心中已经在盘算着要赶在允辰之前先跟芊芊碰到面才行。

她想要亲眼看到芊芊的表情，看到芊芊面对自己喜欢的东西被夺走时的表情。

可是，她还是要说服允辰跟芊芊约在外面的咖啡馆碰面，而不是在她家。

“为什么？”昨晚拥着她在怀里的允辰这样问。现在想来也有点好笑，他们相拥着，但讨论的却是另外一个女人。

“因为在外面，芊芊不会做出无法控制的事。”她这样回答，冠冕堂皇。

“但芊芊不是那种会歇斯底里的人。”

“我知道，但分手时没有谁是可以保持理智的。”

“这倒是。”

允辰轻易就被说服了。但君艾其实心里想的只是不要让他们两个人独处，分手的恋人独处是多可怕的一件事，所有的努力都可能会因此功亏一篑。她已经错过一次，不能够再闪失一回。

“对不起。”

隔天一早，她立刻就拨电话约了芊芊中午碰面，一开口就跟芊芊说了自己跟允辰的事。可是，“对不起”却是当芊芊得知时所说的第一句话。

君艾有点惊讶……道歉……怎么会是道歉？她是该道歉没错，但这不是她要的反应。君艾预期中的芊芊应该有更激烈的反应才是，哭天喊地或是质问，电影不都是这样演的吗？为什么芊芊却是道歉！

“为什么要道歉？你没有什么要问我的吗？”君艾觉得好笑，为什么是自己反问芊芊。

“没有。”

“为什么不问我，我们怎么在一起的？是怎么发生的？……你应该要问啊，有那么多的‘为什么’可以说，为什么你只说‘对不起’！”对于芊芊的反应，君艾从一开始的诧异，到现在觉得不耐烦。

“因为这些都不重要了。”

天气很好，阳光透过树叶的缝隙洒了下来，光影洒在芊芊的脸上，风吹来，一晃一晃的，乍看像是脸上哭花的泪痕，芊芊的泪痕。然而没有。芊芊的表情异常淡定，君艾甚至开始怀疑芊芊是不是漏听什么话了。

“什么不重要，那重要的是什么？”君艾开始大吼。

“重要的是，你们在一起了。”

说这句话的时候，芊芊的语气平和得像是在说别人的事一样：“你们确定在一起了……”

“你不是应该骂我吗？你可以骂啊，骂我是第三者、狐狸精，或是背叛我们的友情都可以，为什么不骂？你骂啊！”

“如果你们相爱，我会祝福你们。你是我最重视的

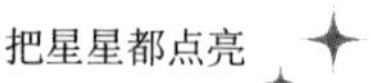

朋友。”

“什么意思，所以我应该感谢你的大方成全吗？”

“我不是那个意思。”

芊芊愈是置身事外，君艾的情绪就愈是失控。

“不然你是什么意思！”君艾尖声吼叫，“你根本就没有把我当朋友吧，你一直在嘲笑我，对吧？”

这一瞬间，君艾突然发现自己竟比较像是被背叛的那个人，终于觉得荒谬。为什么自己以为是从别人身上抢夺来的宝物，此刻却像是别人不要的一样。

“既然如此，我们就不要再见面了，就当我没你这个朋友！”

现在回想起来，自己是抱持着什么样的心态去见芊芊的？其实君艾自己也混淆了，甚至没有获得预期般的胜利感受。而那场两人的对话更是草草结束，面对意料之外的芊芊的反应，她根本就是落荒而逃。

君艾特地制止了允辰打电话给芊芊谈分手，确认了允辰跟芊芊见面的时间后，才赶在中午先把芊芊找出来吃饭，还说了一个“我刚好到附近谈公事”的烂借口，现在想来只剩下可笑。

“你还记得我们在‘点亮星星’玩大富翁的事吗？”出租车还在行进着，霓虹灯光不断从面前闪过，等情绪稍微平复一点之后，君艾这样问着允辰。

“你说垦丁那栋民宿？”

“嗯，”君艾点了点头，“或许，那时才是属于我们两个人最幸福的时刻。”

允辰想起了当晚最后只剩下他跟君艾两人厮杀的画面。这时候才懂了，原来君艾并不是想要争个输赢，想要争取的其实是多一点的时间跟他相处。

我们都是用自己所擅长的方式喜欢着另外一个人，不管多拙劣，甚至是看起来如何匪夷所思，但每一个动作、每一句言语，背后都有其理由与源头。

“那时候的我们好快乐。”

“是啊……”

“其实我也只想要获得幸福而已。”

可是这样的幸福，却是建立在芊芊的不幸之上，这样的自己很糟糕吧。

说着这句话的君艾，眼神飘到很遥远的以后，或许是再也抵达不了的将来。

“不知道以后还有没有机会再一起回到那栋房子了。”

君艾跟允辰心里都清楚，经过这一夜，大家都会不一样了。

车转了个弯，由于角度的关系，最先看到的并不是医院的名字，而是大大的“急诊”两个字。白底红字的标志，在夜里像是在张牙舞爪。

刺眼的两个字提醒了君艾应该要联络阿群问他们具体的位置，才准备拿起电话，随着车子滑进医院门口车道，就看到他正在门口讲电话。

“难怪刚刚电话一直占线。”当摇下车窗准备呼叫阿群的同时，她听到他对着电话那头喊了小草的名字。

第三章

密友

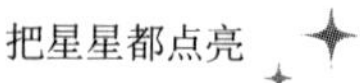

“总之小草你快来就是了。”

阿群刚挂掉电话抬起头，就看到君艾与允辰一起从出租车上下来。

……他们怎么会一起来？阿群的脑海闪过一秒这样的念头，但随即被君艾焦急的声音给盖过。

“芊芊呢？她还好吗？”最先下车的是允辰，但君艾却一个快步超越，“你怎么没待在她身边？”

“在急诊室，我出来打通电话。”阿群边说边领着他们往医院里头走。

灯光一下从五光十色的霓虹招牌转换成青白色调的日光灯，医院特有的药水味也随即扑鼻而来。长廊的两旁散落坐着病患与家属，每个人脸上都有种麻木与疲倦，其中还有几个穿着白色与绿色外衣的医生或护士穿梭着；墙上一面长长的布告栏上贴着各式各样疾病的信息，像是各式各样的百货公司促销活动，让人眼花缭乱。

阿群一直觉得医院有种奇异的欢乐的气氛，不是那种一般认定的热闹欢愉，而是因为这里聚集了所有的家属，那种就连农历新年都不见得会碰上面的家属，远的、近的，亲的、疏的，都会在这里碰头。好温馨啊！阿群忍不住这样想。

“电话是打给小草的？都什么时候了，还打什么电话。”君艾皱起了眉指责着，但同时心里也想着，为什么单单只打给小草，不是已经在群组里发了地点通知了？

“我被医生赶出来啦！”阿群抱怨着，但随即口气又缓和下来，“我又帮不上忙。”

“那芊芊呢？她状况如何？”

阿群用食指在自己的手腕上比画了一下：“流了很

多血。”

君艾发出一声惊呼，允辰则一脸铁青。

这么重视外貌的芊芊……

“我打开门进去的时候，芊芊已经昏倒在地上了。”阿群用发抖的声音说出这句话，“我从来都没有看过一动不动的芊芊，躺在地上的她……像是个摔碎的娃娃。”

乌黑的长发散落在惨白的脸上，不符合常理的扭曲姿势，还有晕开的深红血色，像是被人从高处丢下来的陶瓷娃娃。三个人的脑中都浮现了这个画面。

“医生怎么说？”这是允辰现在仅能挤出来的字眼。

“拜托！一到医院就被推进急诊室，根本还没能跟谁说上话。”阿群用抱怨的口气说着，然后向右拐了个弯。

医院总有种让人置身迷宫的错觉，一样的长廊、一样的门窗样式、一样的日光灯排列……还有表情相似的人们，像是永远走不到尽头的无限延伸。此刻，在旁人的眼里，自己也是其中的一员吧。

医院会吞噬所有人的表情，不管是谁到这里都会变成同一副模样——面目模糊，只剩下哀伤的情绪。

然而其实仍有终点，一扇白色的厚重大门通往急诊室。

阿群在门前十米处止了步，君艾与允辰也跟着停了下来，左前方有条通往诊室的通道，而他们站的位置则是一处不甚宽敞的空地，想必是给家属等待的地方。立着两排常见的蓝色塑胶椅，那种椅背椅座一体成型的椅子，没有脚，下方用长条的金属把一排椅子连接起来，固定住。动弹不得，就跟此时的他们一样。

“为什么不进去？”君艾焦急地询问。

“刚刚护士要我在外面等就好啦。”阿群这样回答。

“哦。”

他们都没有坐下来的打算，三人一言不发，同时看着门，仿佛可以穿透过去一般。就像是搭乘电梯时总会盯着楼层电子仪表看，以为这样可以加快速度，此刻的静默也是。无论方才如何喧闹，一踏进那道铁铸的电动门后，就被收纳了起来。他们都盯着它看，以为只要这样盯着，够真切、够认真，它就会给予应答。

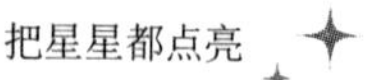

“是我害死了芊芊。”

对着那扇紧闭的门，不知道沉默了多久，阿群突然冒出了这句话。就像是在跟它说话一样。

“……什么？”

“我昨天晚上去找了芊芊，跟她说了一些事。”

君艾跟允辰摸不着头绪，只能一脸疑惑地盯着阿群看。

这个晚上好像有人打开了潘多拉的盒子，所有的秘密都跑出来了。

“说了什么？”

“你们两个……在一起了，对吗？”阿群突然回头看着君艾与允辰，他们两个人则像是跟美杜莎对上了眼的人，全身僵硬，“没关系，我知道这件事。”

“你……什么时候发现的？你跟芊芊说了这件事？”允辰咽了口口水问道，声音像是沙漠般干涸。

“不是，是芊芊跟我说的。”

“什么！为什么芊芊会知道……”此刻发出惊叫的是君艾，她想起今天中午跟芊芊的碰面，当时芊芊早就知道了吗？那么她又是抱持着怎样的心情在跟自己说话？

嗡——

像是有人从她的后脑勺猛敲了一记，君艾感到一阵耳鸣与反胃。难怪！芊芊听到消息时一点都不震惊。难怪！

此刻回想，她当时的那句“你们确定在一起了”其实不是疑问句，而比较像是肯定句。

嗡——

“这不合理啊……若是芊芊早就知道了，那为什么还要自杀？”君艾开始喃喃自语。

“为什么……我不懂……”

空气中夹杂着困惑与不安，还有愤怒。

阿群深深吸了一口气，大口吞进空气，他的胸膛剧烈起伏着，最后像是下定了什么决心似的，说出了这句话：

“因为我威胁了她。”

那个姿态，像是初次上台由于紧张而把手指攥到发白的拳头。颤抖着、坚定着。君艾从来都没有看过这样的阿群，不是平时那个总是嬉笑疯癫的他。

“威胁？你在说什么？为什么今晚大家总说些我听不

懂的话？”允辰忍不住发起飙，“今晚你们每个人到底是怎么回事？”

君艾被允辰突如其来的情绪惊吓到，赶紧拉了拉他的衣角，示意要他冷静。

“你到底对芊芊说了什么？”

“我……”

“嗯？”

“我……发现了她跟小草的事。”

“芊芊……小草……”允辰一脸疑惑，但君艾则是发出了“啊！”的一声，像是明白了什么。

阿群转头给了君艾一个理解的眼神，继续说：“允辰不知道芊芊喜欢过小草吧？不，不对，是还喜欢着小草。”

允辰只是愣愣地摇了摇头。

“我跟芊芊、君艾、小草是大学同学，但我们之所以会熟识，其实是因为芊芊跟小草两个人。他们两个人的互相吸引，所以把我跟君艾我们四个人给串了起来。因为我是小草最好的朋友，而君艾则是芊芊的好朋友。”

“既然不是单方面的喜欢，那为什么不在一起？”允辰无法理解。

“因为梅子。”接话的是君艾。

“梅子？啊，小草的女朋友，他们那时候就在一起了？”

“嗯，”阿群点了点头，“所以他们根本没有机会在一起。只是我们都以为这些年下来，芊芊早对小草死心了，但没想到其实没有。”

“所以芊芊才会没有交男朋友，她还在等小草……”允辰一脸真相大白的神情，但随即眼神又暗了下来，“那我算是什么……”

君艾轻抚了允辰的背，问阿群：“但你怎么会发现芊芊跟小草的事？是什么时候开始的？”

“点亮星星。”

“垦丁的那栋民宿？”

“对，你们记得它为什么叫‘点亮星星’吗？”

“因为可以看见满天的星空。”

阿群点了点头：“其实，那个晚上是看得见星星的。”

君艾这才想起来，当时阿群跑到顶楼看星星，下楼抱怨着看不到星星，但随即进门的芊芊与小草却说着满天星星甚是漂亮。对此，她当下还有点疑惑。

“那你为什么要故意说看不到？”

“因为我不想让大家出门去。”

“什么意思？”

“其实啊，我玩大富翁很厉害哦，当时我是故意输的。”阿群撇了撇嘴角，出现了招牌的玩世不恭的表情。他根本不爱玩大富翁，什么小孩子的游戏啊，大富翁是为了小草准备的，在某次聊天中，他不经意间知道小草以前很喜欢玩这个游戏。

接着阿群又说：“我跑上顶楼才不是为了看什么鬼星星咧，我又不迷恋大自然，我是为了看小草才上去的。”

“看……小草？”君艾重复着这句话，随即又发出了“啊”的声响。阿群笑了。

“除了小草，芊芊是第一个发现这件事的人。”阿群说，“想想这也是理所当然的事，毕竟芊芊也喜欢小草，视线总是跟随着他，所以自然也会发现同样跟随着小草的我吧。事实上，这也是我跟芊芊会变成朋友的原因，因为我们同病相怜，很好笑吧。”

虽然他们四个人同是大学同学，但其实他跟小草是最先认识的两个，后来是芊芊，接着才是君艾。

完全不是一见钟情，阿群初次见到小草并没有留下太多的印象。大一开学第一天他拿着单子找到教室后，刻意挑了角落的位置坐，一片闹哄哄的，有些人是高中同学一起考上了同所大学同科系，自然就聚在一起，而他是单独北上读书，所以不要说同学，在这座城市里就连一个认识的人都没有。

当时阿群几乎是用逃走的心情，离开了原来的学校。

阿群背井离乡到这里求学，与其说是选择，不如说是一种无奈。

虽然现在大众对于同性恋的态度开放许多，但不过是这几年的事，在更早之前，他高中那个时代，根本是无法张扬的事，加上又是处在淳朴的乡下地区。因此大学之前阿群一直过得很压抑，小心翼翼、畏畏缩缩，想尽办法低调。

但就是因为这样，越是刻意，越是显得不自然。就像是刻意隐藏的家乡口音，只要一不留意就会流露出来，加倍凸显了伪装的痕迹。

高中生是单纯且残忍的生物啊，思想开始发达，不管有什么想法都会从嘴巴蹿出来，真假与否不在他们的考量范围内，所以，话就这样传了开来。“阿群喜欢男生……”某一天，阿群不自觉地盯着杂志上的男艺人入神时，恰巧被同学给发现了，于是这样的话语就传了出去，在那个什么都可以大惊小怪的年纪里，很快就爆发了出来。

接下来阿群就没有好日子过了，难免有一些言语上的嘲讽，但也托民风淳朴的福，还称不上有什么霸凌的行为，可是也没有人愿意接近他。没有朋友，对于一个高中生来讲简直是世界末日。

现在想起，那时其实根本也没有确切的证据可以说明自己是同性恋，但他却像被抓到把柄一样噤声。

阿群当时就知道，高中毕业后一定要离开那里，所以现在才会坐在这间吵闹不已的教室。也由于高中时的遭遇，所以他自我保护色彩很重，没有想要跟谁当朋友，只是静静地看着班上的同学。

果然大城市的人都比较会打扮。

这是阿群的第一个想法，而小草并不在其中。小草也是南部来的孩子，极短的头发与黝黑的肤色，一看就是很爱运动的样子，最好看的部位是浓密的眉毛，还有眉宇之间不经意流露出来的忧郁气息。小草一定是许多人眼中好看的男生，也因为个子很高的关系，在人群中更是显眼的存在。只是并不是阿群喜欢的类型。

有的人无法抗拒忧郁的气质，会激发母爱，但对阿群来说正好相反，因为他的经历使然，他更加抗拒阴暗负面的象征，因此阿群并没有特别去在意小草。他们两个真正认识是因为分组作业被分到了同一组，题目是：街景与招牌的关系。那是个为期一个学期的大型研究报告。

好无聊的题目啊。阿群心里这么想着，但随即才发现自己并没有摩托车，对于要移动观察城市来说并不方便，但自我保护意识这么重的他，自然不可能向几乎是陌生人的组员开口求救。

正当阿群苦恼的时候，小草竟然先开口问了他。

“你有交通工具吗？”同为外县市上来的人，小草显然早就猜测到可能的情况。

“没有。”

“我有摩托车，我载你一起做报告好了。”

就这样，小草便载着阿群一起在整个城市穿梭着。虽然阿群很感谢小草的帮忙，但却也不是日久生情，拜托，他才没那么花痴，而且当时他还是很保护自己。

真正喜欢上小草是因为小草发现了他喜欢男生。

至今阿群仍然不知道为何小草会发现这件事，当然他们相处的时间是比一般同学多，但阿群也更加谨慎。不乱瞟男生，不胡乱发表评论，总之就是能不说话就尽量不要开口。不要说话，是最好的自我保护，这是阿群后来研究出来的心得。

可是就在大概学期过了一半后的某天，当他们一如往常去街上做例行招牌研究时，小草却突然说：“我问你哦，你是不是喜欢男生啊？”当时他正盯着一个橘色的招牌看。

“咦？什么？”阿群的心跳漏了好几拍。他怎么会发现？

“你可以信任我，没关系的。”

不应该承认的，才第一学期，接下来还有三年半的大学生活要过，要谨慎小心才行啊。阿群心里清楚这件事，但不知道为什么，或许是这些日子的相处，就如小草自己说的，他是个可以信赖的人。于是阿群承认了。

“这样啊，我知道了。”

而对阿群的坦白，小草也只是点点头这样说，没多发表什么意见，继续他的街景观察。

隔天，阿群怀抱着忐忑的心进教室，发现同学一如往常，小草一样在他的旁边帮他留了位置。就是在那一刻，阿群喜欢上了小草。

不只是感激，而是感受到了小草的温柔。

然而就是因为太温柔，所以阿群一度以为小草喜欢自己，甚至还曾抱有幻想。一定是这样的吧，会发现他是同志，不是因为自己也是，就是因为喜欢他吧。

但随即阿群就发现小草原来早有个交往数年的女朋友了，而且对他也没有朋友之外的示意，反而比较像是哥哥对弟弟的那种照顾。情人的爱跟家人的完全不同，再迟钝的人都可以分辨，所以阿群很快就确认了自己没机会。

可是那一整个学期，阿群暗自决定先不要购买摩托车。

就在那样的时光里，他也跟芊芊渐渐熟识。

同样无法拥有喜欢的人，所以只能用朋友的身份自居。因为怀抱着不被接受的卑微，因而互相取暖。说来可悲，他跟芊芊的友情是建立在这件事之上。

“芊芊从来都没跟我说过这件事。”开口的是君艾，显然有点受到打击。原来芊芊对她其实有所隐瞒。

“当然，这是我跟她的秘密。不，我们并没有约定好不能说，也不是要对谁隐瞒，只是自然而然就有了这样的默契。我相信着她，她也信赖着我。我们像是个秘密的联盟一样。”

君艾理解地点了点头。

“今晚我才想到，这个芊芊为我保守了这么多年的秘密，其实是她对我的保护，她用这样的方式看重着我们两个人的友情。可是，我自己却将它给丢弃了。”

“因为顶楼看到的事？”

“嗯，那是一切的开端。”

“你到底在顶楼看到了什么？”

“呵呵，满天的星空啊……”阿群又轻轻地笑了，“还有星星下互相依偎的小两口。”

因为无法再接近一些，因为害怕更靠近一点会被讨厌，所以只能用遥望的方式去凝视一个人，但没想到却也因此发现了秘密。

“所以你便认为芊芊跟小草在一起了？”虽然是疑问句，但君艾语气中已有些认定。

只要线索够多，就会集结成证据。

“当然不是啊，我又不是小孩子，哪会这样就觉得他们在一起了。我又不是笨蛋。”阿群露出一贯带点戏谑的轻笑。

“那不然是……”

“我听到开门声啦。”

“拜托你，在这种时候不要还老说些别人听不懂的话好吗？”允辰开始不耐烦了，连在这种时候，阿群都还如此不正经。

“我故意住在小草的正上方。那时在‘点亮星星’，当小草决定住在楼下时，我第一个冲上楼选了他正上方的房间。我是故意挑选了那个房间。”

君艾突然懂了，这是阿群喜欢小草最适切的方式。小心翼翼的距离。她当然明白这样的情绪，阿群之于小草，就等于她之于允辰。

“然后，我在半夜听到了奇怪的声响，也不能说奇怪，那是一种人为的声音，虽然很轻，但无论如何都不应该出现在大家都在睡觉的时候。我想了一下，猜测可能是开门的声音。而且似乎是楼下传来的。

“当下我就觉得不对劲啦，担心会不会是小草做出奇怪的举动，毕竟他刚失恋嘛，所以便起身下楼去看看。楼下的灯一盏都没开，乌漆抹黑的，只有星星的光勉强把房子打亮了一些，我几乎是扶着楼梯扶手才能走下楼。但走到一半时，你们猜我遇见了谁？”

“芊芊！”

“是的。”阿群又撇了撇嘴角，“芊芊看到我吓了一跳，但我才是要被她吓死，半夜啊，一个长发的女生走路轻飘飘的。还等不及我开口，芊芊就急忙跟我说：‘刚刚楼上厕所有人在使用，我下来上厕所，水喝多了。’”

“这很合理啊。”

“你忘了我下楼会经过厕所吗？刚刚没人在里面。”

“但有可能是已经上完离开了啊。”

面对不想承认的第一个动作，通常不是否认，而是找出其他反方向的证据。

“那你当晚有上厕所吗？”阿群先问允辰。

“没有……我一觉到天亮。”

“那君艾呢？”

“我也没有。”

“就这么巧啦，我也刚好没有。”阿群几乎要笑了。

“但这是事后诸葛，当下你并不知道我们没人上过厕所。”允辰试图提出新的证据。

“当然，你说得没错。”阿群一副“早料到你会这么说”的神情，“所以我刚刚说过我下楼时乌漆抹黑，一点光都没有，有人上厕所会不开灯吗？更何况当时那么安静，就连针掉在地上都听得见，马桶的冲水声怎么可能会听不到。”

这句话是肯定句，君艾与允辰也无法反驳。

“所以唯一合理的解释是，刚刚的开门声是来自小草的房间，而芊芊从里面出来。”

“可是这些都是臆测而已，你并没有亲眼看到。”

阿群点了点头：“你以为我发现他们在一起会很开心吗？我当然也希望是自己多想了，所以之后我特别观察着芊芊跟小草的互动。”

“那你发现了什么？”允辰急问。

“除了你跟芊芊在鹅銮鼻灯塔大吵一架之外，什么都没发现。”

“你怎么会知道这件事？”允辰感到惊讶。

“大家都发现了好吗？压低声量并不代表没有人会听到。”

“那你到底发现了什么，才终于确定芊芊跟小草是在一起了？”这次换君艾插嘴了。

“你不觉得命运很有趣吗？常常在自己以为没有什么的时候，就会让你发现一些什么。”阿群再度撇了撇嘴角，一抹戏谑，“昨天晚上，我看到了小草从芊芊住的地方走出来啦。”

“什……么？”

阿群点了点头："原本我昨晚跟芊芊约好去她家拿书，但芊芊临时说她有事，跟我改约今天。本来嘛，约定改来改去都是很常有的事，没什么大不了的，所以我也没挂在心上，随口应了声'好'就过了。但问题就错在，我跟芊芊家住得很近。"

"什么意思？"

"你们应该都知道我跟芊芊家住得很近，但严格来说并不是真的顺路，直线距离很近，但去芊芊家则要绕半个弯才会到，所以一般我并不会经过芊芊的住处。只是昨天刚好下班早，我心想干脆碰碰运气，绕过去看看芊芊在不在家，如果在的话就可以顺道去拿书。"

虽然是昨天才发生的事，但阿群描述的口吻却像是在很久以前一样。

"到巷口时我拨了电话给芊芊，但她没有接，可是一想到要是爬了六楼上去，却发现她不在的话，不是很辛酸吗？正当我在犹豫的时候，就看到小草从芊芊住的公寓走出来啦。见鬼了，总不可能小草还刚好认识同栋楼的其他人吧？"

“可是，这也不能说明什么啊，我们都是朋友，很有可能突然去找她，就像你也临时起意过去一样。”允辰说。

“我们果然一样。”

“什么？”

“不想面对现实的时候，就假装看不见。”阿群扭了扭脖子，把背靠在墙上，接着继续说，“但因为太害怕了，所以我又拨了电话给芊芊，这回她接了。但，她说‘我不在家’。她不在家，听到这句话时，我整个人都发抖了起来，心里一直想着‘惨了、惨了……’”

此刻君艾跟允辰都说不出话。

“你们说这不是有鬼是什么？老天爷真爱开玩笑。”阿群苦笑了一声，“更惨的你们知道是什么吗？”

君艾跟允辰同时摇了摇头。

“挂掉电话后，我又拨了电话给小草问他在哪里，小草回答说‘我在家里’。除非会瞬间移动，不然五分钟前才离开芊芊家的他，现在怎么可能在家里啦？”

“一定是在掩饰些什么吧。”允辰喃喃自语。

“终于你也同意了吧。”

不想就此相信啊，多希望当时小草可以有不一样的回答。

“但你刚才说是自己害死芊芊，你说的‘威胁’是指什么？”像是突然记起什么，君艾问道，“意思是你威胁芊芊，要把这件事跟我们说吗？”

“对。”阿群停顿了一下，“可是，其实我是抱持着最后一丝希望去找芊芊的。”

“最后一丝希望？”

“嗯，因为实在太害怕了，受不了啊，根本无法集中注意力做任何事，就连晚餐也吃不下，满脑子都是小草跟芊芊的事。所以我发了信息给芊芊，问她何时到家，我急需那本书，再晚都可以过去拿。然后芊芊回了信息，说她半小时后到家。”

这些日子以来，猜测就像不断拉紧的弦，随着时间日益紧张跋扈。不安的情绪始终都没有从阿群的心里消失过。

“所以你们就约了碰面？”

“对。出发去芊芊家的时候，我全身都在发抖，明明不冷啊，但我的手脚却冻得不得了。我希望芊芊可以跟我

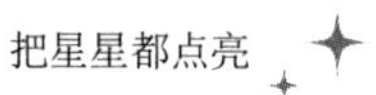

说‘我跟小草没发生什么’，我是希望芊芊可以这样说，即使是骗我也好，我希望她这么说。上楼梯时，我心中一直这样暗自祈祷着。”

“只要她这么说了，我们就可以继续当朋友了。只要她这样说了，我就信了。”

“可是，芊芊却说：‘我跟小草在一起了。对不起。’她说了这样的话。她跟我道歉了。”阿群语气中有股绝望。

芊芊的房间并不大，约莫七平方米大小，方正的格局，是前几年很流行的一大房的格局。很寻常的房间样式。进门的右手边是浴室，紧靠着浴室的则是两人座的小沙发与茶几，对面是一台液晶电视；再过去则是一张双人床，床的对面是一张书桌，旁边是衣架，上头挂着几件薄外套。除了紧邻着浴室的区域之外，房间内其余的摆设只要站在门口就可以一目了然。

第一次到芊芊的房间是在大一时，阿群印象很深刻，原本他以为像芊芊这样公主气质的人，房间都会是粉色调，有各式各样的卡通饰品、抱枕、玩偶、桌布或是马克杯之类的东西，但芊芊的房间连一条蕾丝边都找不到。整间房都是米白色调，就连书架与沙发也是，阿群不止一次说芊芊的房间根本是无印良品的样品屋。

毕业之后，芊芊搬到了市区，但房间却像原封不动搬了过来似的。简直有种空间错置的感受。从那时候起，阿群就知道芊芊是个务实的人。

昨晚进了门之后，他并没有如往常一样直接往沙发上瘫倒，而是站在玄关处，像是在与谁僵持着似的。芊芊一开始没有发现阿群的不对劲，自顾自地到书架上找书，一直到发现阿群没发出声响后，才觉得异常。

她抬头一看，发现阿群还站在玄关处。

“怎么不进来？我找一下书。”

阿群只是盯着芊芊看，不发一语。

“发生……什么事了吗？”芊芊终于发现不对劲了，她找到了书，转身走向阿群。

“你……跟小草是怎么回事？”阿群问出这句话的时候，心中都还在不断祈祷着。

可是，芊芊的回答粉碎了他最后的希望。

“我们在一起了，对不起。”她这样回答，平静地。

在一起了？什么叫“在一起了”？小草是梅子的，不属于我们之中任何一个，我不知道你为什么要说你们在一起了？你跟小草没有“在一起”这件事！阿群在心中大叫。

他想起了大家一起去垦丁玩是由自己提议的，如今看来根本是一种讽刺。

但也就是因为这样，阿群才明白自己之所以能够如此放心地去喜欢着小草，其实是因为梅子。因为小草早就有喜欢的人，所以他不用想着坦白，更不用担心会受伤。只要安安静静地在一旁待着就好，默默地喜欢着就好。像这样，继续喜欢着就好。

对阿群来说，小草跟梅子不只是一对情侣，更是一个象征。是他的感情洁癖。

阿群从来都知道自己是没机会的，小草不是同志，他第一关就被刷了下来，他心里明白，也从来都没有抗拒过。可是，他甘之如饴。因为有梅子的存在，他不用表白，也就没有被拒绝的可能。

梅子是他的挡箭牌，他躲在她的后面喜欢着小草。他知道自己很胆小，可是他并不在意，他只要可以继续不受打扰、安稳地喜欢着小草就好。

这些年下来，阿群也交往过几个人，或长或短，但相同的是最后都无疾而终。比起异性恋，同志的感情更难长久，因为诱惑太多、因为男生比女生更加虚荣，享受被喜欢的感觉，所以他一路碰碰撞撞着。然而每次在沮丧失望的时候，只要想起小草与梅子，就能够带给他希望。他们两个人的感情是阿群对于爱的憧憬。

所以，只要小草跟梅子继续在一起，即便是结婚也无所谓，但只要他们不分开，一切就可以维持某种平衡。小草是属于梅子的，他们是一起的，没有人可以替代。他也可以去喜欢别人，跟另一个人在一起，甚至换了一个又一个，但仍可以继续默默喜欢着小草，然而这一切的前提都是只要小草跟梅子不分开就好。

可是，现在芊芊破坏了这份和谐。坏了这个“可是”。坏了他对于感情的美好印记。

就像是两个人约好一起去看某部电影，但其中一个人却背着自己先去看了一样，芊芊违反了承诺。他们明明都是同一战线的，但她却背叛了自己。原本的盟友一下站到了对立的阵营。还有他对于爱情的美好想象又该放在哪里？阿群像是被当众甩了一个巴掌，脸上热辣辣的余温迟迟消退不了。

“你跟小草不能在一起。”阿群口气认真且严肃。

“为什么？”

“就是不能，你不能破坏他跟梅子的感情。”

“他跟梅子已经分手了。”

“没有，他们会复合。”阿群的声音大了起来，“他们一定会。”

“他们不会！小草选择了我！”或许受到阿群的情绪影响，芊芊也激动了起来，“小草不喜欢你，不是我的错！”

阿群不明白芊芊的固执，芊芊也不懂阿群。

“为什么你就是非要破坏原本和谐的关系不可？”

“我没有，破坏小草跟梅子感情的并不是我。”

“但你选择了加入！”

“并没有所谓的‘加入’，我跟小草是‘在一起’。”

啪！阿群一把拍掉了芊芊手上拿的书。这本原本要向她借阅的书，这个今晚见面的借口在这一刻也跟着消失了。

那条弦，断了。

“阿群……”芊芊被他突如其来的举动吓了一跳，她从来都没有看过这么激动的阿群。

“不要再说了！除非你跟小草分开，不然我不会再跟你说一句话。”就像是负气的孩子，说完这句话，阿群头也不回地踏出芊芊家。

那本书还在地上，像他们两人今晚散落的情感一样。

明明知道芊芊那么重视朋友，却拿友情来威胁她，这样的自己不是更加卑鄙吗？

然而其实阿群心里明白，他之所以会如此愤怒，不只是因为芊芊跟小草在一起，也不只是他觉得芊芊破坏了他原本的安稳，或是对爱情的美好憧憬，其中更包含了他觉得自己同时失去了最喜欢的人与最要好的朋友。

虽然芊芊跟君艾情同姊妹，但因为他跟芊芊都喜欢同一个人，而且除了小草之外，也只有芊芊知道他是同志这件事，所以阿群反而能对芊芊倾诉心底的事，对芊芊来说也是。他们能够理解彼此所说的话，就像是交换秘密一样。加上步入社会后他们两个又住得很近，所以关系变得更密切。

有些话，即使是对自己最亲近的人也无法轻易诉说。但或许就是因为这样，他才更加无法原谅芊芊。

“你从什么时候发现我喜欢小草的？”比较熟络之后，阿群曾这样问过芊芊。

“从我发现你开始打篮球时。”

“你有发现这件事？”阿群有点惊讶。他虽然有运动的习惯，但多半都以骑单车为主，而不是球类。

“一个人会突然想去学一件事，通常背后都会有强大的原因，要么是因为生活上必需，比如考试，再不然就是因为喜欢的人。”芊芊笑了笑，“既然学校没有打篮球这个考试项目的话，那就是后者了。”

“可是打篮球是很寻常的事啊。”阿群反驳。

“就是因为太常见了我才更加确定。”

“什么意思？”

“就是因为随时都能够接触，若想学随时都可以啊，它并不是那种受场地限制或是要等到经济条件稍微好了之后才可以学的运动。所以如果前二十年都没有想要学习的念头的话，为什么突然在某一刻想学？一定有鬼。”

“这样说也有道理，你还蛮聪明的嘛。”

“当然。”

“那这样的话，小草会不会知道？”

“不会啦，这种事只有喜欢他的女生才会发现。因为我也兴起过这样的念头，只不过我身高实在不够。”

“那还真多亏了你的喜欢哦。”

“哈，不客气。”

这个以小草为中心所发展出来的亲密，没想到有一天也会因小草而崩塌。就像阿群怎么都预料不到，不过才相隔一天，再次踏入芊芊的房间却是不一样的景况了。

“所以……”允辰开了口，“早在我跟君艾之前，芊芊就跟小草在一起了。”此刻的他突然觉得自己根本是个白痴，方才的罪恶感一扫而空。

一旁的君艾则不发一语地盯着前方看。

“他们是什么时候在一起的？或是……芊芊根本就是小草跟梅子分手的原因？”

面对允辰的质疑，阿群与君艾同时转过头看着他，接着，君艾又把视线望向阿群，仿佛在等待着他的解答。

“我……不知道。”阿群泄气地垂下肩膀，对于芊芊跟小草他一样有许多疑惑，昨晚被怒气冲昏头，根本忘了问这件事。

“那你问过小草吗？你刚刚不是拨电话给他？说了什么？”

“我没有问小草。”阿群摇了摇头，“我只是通知他赶紧到医院来而已。”

允辰听到阿群的回答，也跟着垂下了肩，背部贴着冰冷的墙下滑，一直到屁股着地为止。

“阿群。”沉默许久的君艾再度开了口。

“嗯？”

“为什么你今天晚上会突然去芊芊家？”一直到此刻，君艾终于把刚才心中隐约的疑惑给串联了起来，“还有刚刚你说打开门进去时……你怎么会有芊芊家的钥匙？”

阿群张了嘴，形状像是发出一声“啊”，但其实没出声，他只是支支吾吾着，除了“是……”再没有吐出更多的话。

“是我要阿群去找芊芊的。”

三个人一转头，小草不知道何时已经出现在他们身后。

第四章 前男友

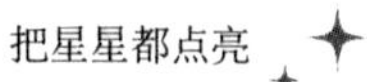

“钥匙位置也是我跟阿群说的。”

由于身高的关系，天花板顿时感觉低了一点，顶上的日光灯直直地打在小草脸上，他的眼睛形成两个黑色的窟窿，等到他往前再站出一步，才能看清楚他的脸。

“芊芊还在里面？”

小草望向急诊室，大家点了点头当作回应。仿佛看出大家的疑惑，于是小草又说：

“晚上我跟芊芊碰过面。”

“什么？！”允辰与君艾同时发出惊呼。

小草点了点头：“就在她跟你碰面之前，我先跟芊芊碰过面了，在她家。”并把视线转向允辰。

“所以芊芊才会约九点这么奇怪的时间，也是为什么她会约在她家的巷口咖啡馆……”像是找到缺了一片的拼图似的，允辰恍然大悟。早在自己跟芊芊约见面前，其实她已经先跟小草约好了。

“你找芊芊做什么？”

小草先是苦笑了一下：“你们不用装作不知道我跟芊芊的事了，这不就是我们现在会聚在这里的原因吗？”

“我没有……”允辰涨红着脸。

“为什么你会让阿群去找芊芊？”还没等允辰把话说完，君艾径自插了话，语气里夹杂着愠怒。

不管是胜利或是虚荣，甚至是一部分的自责，这些情绪经过今晚早就通通消失殆尽，君艾现在只剩下更多的生气与困惑。

“因为……我觉得芊芊会出事。”

“什么意思？”

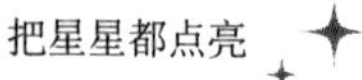

“是我害死了芊芊。”

又是这句话！这句话今晚轮流从每个人的口中说出来，允辰几乎按捺不住愤怒的情绪，这群人到底是怎么搞的！

“一次把话说清楚！”

“晚上其实我是去跟芊芊谈判。”对于允辰的情绪，小草自然可以理解。

“……谈判？”

“对。”小草就近在身边的椅子上坐下，那排没有面目的蓝色椅子，“其实我跟芊芊并没有真的在一起，应该是说，虽然相处像是情侣，我们对彼此也有好感，但其实都没给对方承诺过什么，我们并不是真的一对。”

“但芊芊说你们在一起了。”阿群反驳。

“她当然很有可能会这样理解。可是事实上除了我们之外，并没有其他人知道我们的事，我们并没有对外宣称我们是男女朋友。”

“这只是有没有公开的差别而已。”

“不是这样的。”小草语气温和却坚定。

“什么意思？”

“芊芊当时还有允辰，而我有梅子，这样的我们算得上是一对情侣吗？”

是啊，不能公开的情侣，这样的恋爱关系真的还成立吗？只存在于两个人之间的称谓，还能说是一对吗？就像是私下承诺好的约定，但怎样都无法拿来当作法规一样约束。

“你刚刚说，你还有梅子……？是什么意思？”

仍是君艾发现了不对劲。

“嗯，这就是我跟芊芊碰面的原因。”

“你跟梅子复合了？”君艾发出惊呼。

小草点了点头，接着说：“梅子昨晚突然来找我了，不过复合是今晚才确定的事。

不，更精确地说，是刚刚才确定的事。”

“刚刚……？”

“其实是芊芊下午打了电话给我，约我晚上碰面。”

或许某种程度来说，是芊芊逼他做了这个决定。

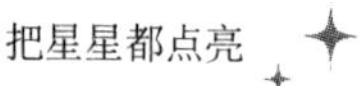

对于芊芊，小草其实始终怀抱着奇异的愧疚感。他并不是一个敏感的人，对于若有似无的情感流动并没有慧根，所以一直都没有发现芊芊喜欢自己。他们总是一群人一起出去吃饭、玩乐，从来就没有单独两个人出去过。

仿佛是一条不成文的规定，约了芊芊，就会有君艾，当然也就不可能没有阿群。他们四个人像是一个整体，除非谁要有事，不然总会一起出现。

芊芊从来都没有跟自己示好过，就连暗示都没有，虽然偶尔会有特别的嘘寒问暖，但也再没有更多。芊芊是个有分寸的人，因此更难察觉。这或许是因为芊芊很看重友情的关系，当然这也和她母亲的事有关。小草后来才注意到，芊芊一直以来都是联系着四个人的桥梁。他对于社交并不擅长，阿群则是活动很多，而君艾也不是个热情活泼的人，所以芊芊便扮演起了串联的角色。

而小草之所以会发现芊芊喜欢自己，其实是因为梅子。

虽然在同一座城市，不过由于学校一个在南，一个在北，加上新生的忙碌，所以那阵子他跟梅子很少碰面，最多是通电话。已经不是小孩子了，加上两个人从高一开始就交往，也有好几个年头了，自然不会一一报告今天做了什么、认识了谁、去了哪里，更不需要时常腻在一起，梅子不是那种无理取闹的女生。

梅子第一次见到芊芊也是在小角落。

那是已经开学两个月后的事，第一个学期都过了一半，小草也开始跟其他三人比较熟稔，不再只是一般同学的关系，是好朋友。就因为这样，他向梅子谈到他们的次数变多了，终于有一天，她说：

“都要放寒假了，要不要介绍他们给我认识？”

那一天大家聊得很愉快。小草还暗自觉得以后梅子可以一起参加他们的聚会。

只是当天聚会结束之后，晚上梅子就对他说了“芊芊喜欢你”这样的话。

“怎么可能？不要乱说。”

“相信我，这种事女生都会知道。”

“你少胡说。”

“还有，阿群也是。”

“什么？这更夸张了啦，阿群知道我喜欢女生啊。”

“喜欢一个人，跟对方喜欢什么性别无关啊。喜欢就是喜欢了。”

“证据是什么？”

“这种事女生都会知道。”

梅子又说了一次同样的话。

小草自然不相信梅子的话，才见过一次面，哪能说得准。不过，梅子并没有因此而制止他跟芊芊当朋友，她只提出了一个要求：“芊芊在的时候，阿群也要在。”

“这是什么烂规定啊！”

小草抗议着，但唯独这点梅子很坚持。他当时不知道为什么梅子要提出这样的要求，因为若是真的担心的话，不是应该要制止他跟芊芊联络吗？甚至包括阿群。两个人如果没有交集，就不可能产生火花，这样才是最保险的事。

直到后来他才明白了梅子的用意：只要有阿群在，芊芊就不会对自己有更多的表示。他们两个人会相互产生一种制约。小草不明白这样的默契是怎么达成的，但因为没有危害到自己，所以渐渐地也就不在意。太过自然的相处，就会变成一种习惯，让人忽略其他的可能。

当然，近水楼台，若真的有心谁也防不了，芊芊如果真的想要多靠近一点，随时都有机会诱发可能。然而芊芊并没有这么做，当时小草不太明白为什么，甚至因此否定了梅子的推论，再后来才慢慢理解，芊芊重视他们四个人的友情大于爱情。

这并不是说友情是芊芊的第一排位，而是因为他并不是单身，若芊芊强行介入、当了第三者的话，不仅会让君艾与阿群对她产生不好的观感，尤其是阿群，阿群对于感情有某种洁癖，最后也有可能因此会连带破坏了四人原本和睦的感情。芊芊重视的是这件事。与家人关系不亲密的她，加倍在乎朋友。

不过相较于芊芊，对于阿群，小草其实更有着无法割舍的理由。第一次看到阿群时，小草就被他吸引住了，不是喜欢的那种吸引，而是因为他像他的小弟。不是长相，他们长得完全不一样，而是气质，那种压抑的安静、刻意的自然，眼睛转啊转的，外表看似乐观却一副观察防备的姿态，就跟他小弟一样。

像是他，死去的小弟一样。

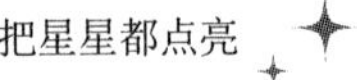

那时候小草并不明白小弟为什么会有那样的神态，他们从小感情就很好，可是在某一天，一切就不一样了。他们的中间突然像是多了一道门，他只能在窗外隐约看到里面人的轮廓。一开始以为只是青春期的别扭，后来才发现原来小弟是同志，让他转变的原因就是这件事。

可是当他才发现的时候，小弟自杀了。他还来不及做些什么。当时他读高二。

虽然并不知道当时的自己能够做些什么，就算是做了结果也可能不会有改变，但自那天起小草就始终在懊悔着，被这件事所捆绑，挣脱不出来。小草从来都没有跟谁说过，他是因为这件事才高中毕业后就跑去当兵，退伍后立刻重考北上念书，待在家里，会让他喘不过气。至今一想起小弟，他还是会有股强烈的沮丧感。

所以当在阿群身上看到类似的气质时，当下他多少能感受到阿群也喜欢男生，然而他并不在意，加上他的年纪虚长了阿群几岁，更自然地就把他当小弟看待。但毕竟没有更多的证明可以说明这件事，因此也只是停在猜测的阶段，贸然询问也过于没礼貌，所以小草迟迟没有确定。

也许是没有对自己造成困扰，所以也就不会浪费力气去追究，人就是这样的动物。

一直到梅子说出她的猜测，小草才比较肯定了自己的想法，之后也才向阿群求证。女生向来比男生敏锐，“这种事女生都会知道。”就像梅子说的。

当下小草也才明白，原来他会想亲近阿群，不是出自喜爱，而是因为自己弟弟的投射。他把阿群当成了一个补偿，小草心里很清楚这点。

所以他才会一整个学期都载着阿群到处看招牌，才会即使感受到阿群对自己偶尔过多的关爱，也不会有太多的反弹。因为他是弟弟。

虽然就外貌来说，阿群跟自己的小弟并不像。小草对于小弟的印象一直是半长不短的头发、扁塌的刘海、瘦弱的身形，还有白色的上衣制服与浅色的卡其裤，画面始终都定格在他高中时期。可是阿群却是有着古铜色的肌肤、显然是有运动习惯的身形、小平头，还有不知道去哪里买来的简直是替他量身制作的合身的衣服。

小草常常在想，若小弟现在仍在的话，是不是也会是这个样子？对小草来说，这件事一直是他的遗憾，永远无法知道答案的那种遗憾。

因此，他无法断绝与阿群的交往。梅子想必也是明白了这件事，才没非要他与芊芊切断关系，因为他们四个人是一起的，只有芊芊被剔除是极其不自然的事。所以“阿群也必须在场”，就是她的让步。

这也是梅子后来很少再参加他们聚会的原因，距离只是一部分因素，更重要的是，她不想看到两个人对自己的男友投射关怀的眼神。没有哪一个女朋友能受得了这点。眼不见为净，才是最好的方法。

这种事女生都会知道。小草至今都清楚地记得这句话。

相较于对阿群，小草对芊芊的态度就显得更加可有可无。当然芊芊是个漂亮的女生，个性也很好，很容易让人喜欢，但或许就是因为受了梅子的话语的影响，反而断绝掉了原本有的可能。

小草开始慢慢观察芊芊对自己的反应，不是为了享受虚荣感，而是更清楚什么时候该保持距离。就因为清楚她会对自己好，所以就更知道该如何去抵消那些好，他们一个在明，一个在暗。

小草从来都觉得自己跟芊芊是不可能的，不是自己不受芊芊吸引，而是想象不出来自己会跟梅子分开。他跟梅子在高一新生报到时就认识了，当时梅子跟他排在同一列队伍注册，梅子在前，他在后。最先注意到的是声音，梅子的声音里有种清脆，每个字都说得确切，不拖泥带水，很少有年轻女生讲话是这样的声调，所以引起了他的注意。

他们并不是同班同学，却加入了同一个社团，都是漫画社社员，再次相遇就是在社团里。当时小草正埋头画画，讲台上传来熟悉的声音，一抬头，果然是梅子。梅子是后来才知道的绰号。这样的巧合其实只是个偶然，但高中生特别信仰什么命运安排、冥冥中注定的论调，所以在同学的鼓动之下，他开口约了梅子，不对，那个时代是从写情书开始。

他用了三天时间写了一封信给梅子，但里头画的图占的篇幅比文字还多。然后她回信了，他们去看了电影、吃了饭；接着再约隔天一起去福利社买午餐、放学一起去搭公交车……所有高中生脑海里与约会有关的事都做了，一路就走到了今天。不是没闹过别扭，学生有的幼稚行为也都经历过，但从来都没有人说出“分手”这两个字。

所以，他想不出会让两个人分开的理由，他们处得很好，很有默契，梅子会包容他的没耐性与大男子主义，她总是知道该怎么对付他。当然更不用说，小弟不在后的那段几乎熬不过去的日子，都是她耐心陪伴着自己，这点小草尤其感激。就是因为这样，他从来就没有想过他跟芊芊会有更多交集，他跟芊芊，只是四个人里面的其中两个，称谓不是“我们”。

可是他跟梅子终究还是走到了分手。在他们交往第十个年头的时候，她决定不再包容他了。

“要么结婚，不然就分手。”梅子用严肃的口吻说，没有一丝玩笑的意味。

小草不是没有见过梅子正经的时候，他们偶尔也会吵架，也会有意见不合的时候，每每遇到这样的时刻，最后总是由梅子来终结。她收尾的方式并不是搞笑或撒娇，反而是认真地提出要求。

“喂，我们和好吧。”

然后他就会答应。那是他看过梅子最认真的样子，再者就是现在。

“我才二十六岁，太早了，过几年再说吧。”

“你以为只有你的时间值钱吗？我也同样花费了十年在你身上。”

“我不是这个意思，我只是说还不急。我们才出社会没几年，连工作都还不稳定，至少也要有点存款再说吧。”

“那如果现在你就有一笔钱的话，你会结婚吗？”

当下小草就被问倒了。

“就是说吧，钱根本不是关键，是你此刻根本就不想结婚。”

“那你为什么想要结婚？”

“因为我憧憬家庭生活啊。”

“我们现在不是已经跟结婚没两样了吗？”仿佛抓到救生圈一样，小草反问梅子。自从毕业后，为了省房租，他们就一直住在一起。

“既然没两样，为什么不结？”没想到梅子立刻又把问题给丢了回来。

这一次，梅子没有退让的意思。小草这才想起来，其实当梅子每次提出请求的时候，自己都会答应。自己从来都没有拒绝过。或者，这次不愿意退让的其实是自己。

当天晚上，梅子就去同学家过夜，隔天趁小草去上班时清空了屋子里属于她的东西。像是从来都没有在这个空间存在过似的。小草没有第二次的机会，没有再为自己争取些什么的机会，有的就只是昨天晚上的那一次争吵，就那么一次，再没有更多。

小草不知道为什么梅子对于此事会如此固执，就像他也不知道自己为什么也这么坚持一样。

离开后，小草有试着再联系梅子，但她再也不接他的电话；透过共同的朋友，也同样都得不到回应，就像是把石头投到很深的水里一样。小草也想过干脆到梅子公司去堵她，但实在太像恐怖情人会做的事了，还不到那个程度，还不到该那样做的地步。

那时候接近六月，酷热的盛夏即将来临，这座城市却已经迫不及待地燃烧起来了。

第一个发现这件事的就是芊芊。

并不是刻意隐藏，但也没必要特别宣扬，小草原本就是个话不多的人，加上梅子几乎不参加他们的聚会，而且大家也不是时常碰面，大多是网络上联系，一个月不过几次的聚会，所以小草还以为大家不会发现他们分手的事，至少不会这么快就察觉。

也或者是，小草曾经想过，或许在大家还没有察觉前，他跟梅子就已经复合了。这也是他没有很伤心的原因，小草觉得他跟梅子会和好如初。梅子某天会突然跳出来说："嗯，我们和好吧。"

可是芊芊却很快就发现了。一开始小草还以为是她听到了什么风声，但他们并没有共同的朋友，所以很纳闷。后来芊芊才说，是因为味道。

"你换洗衣液了？"

毕业后他就跟梅子住在一起，梅子有洁癖，所以家里的事大多都是由她进行，而他只是负责出卖劳力。洗衣液也是梅子挑的，他对味道没有偏好，所以什么都好，便宜方便就好，但梅子却偏好橘子牌的洗衣液，说是杀菌效果

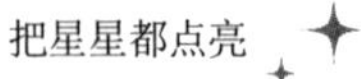

最好，又环保。所以这三年来他的衣服从来都不是别的味道。而自从她离开后，等他自己上超市购买洗衣液时，才发现原来橘子牌的这么昂贵，当下就决定更换成其他平价的品牌。

但引起芊芊怀疑的并不是换了洗衣液的牌子，而是因为这个味道刚好是梅子会过敏的薰衣草。因为薰衣草恰好就是芊芊最喜欢的味道，第一次和梅子碰面时，就是因为身上的薰衣草味，让梅子打了一个下午的喷嚏，芊芊当时印象很深刻。

但小草本身并不对任何味道过敏，所以购买时也就没有多加留意，只是挑了架上最便宜的洗衣液购买而已，没想到刚好就挑到了这个味道。

“你跟梅子还好吗？”当天聚会结束后，晚上芊芊特地询问。

“不好，她搬走了。”已经过了两个月，也不用隐瞒了。

“怎么会？什么时候的事？”原本是网络上的对话，芊芊立刻拨了电话过来，语气惊讶。

“两个月了。”没想到说出口比想象中容易。小草突然觉得松了口气。

“发生了什么事吗？不是好好的？”

“梅子她想结婚。”

“哦，”这个回答立刻让芊芊的语气缓了下来，“那……你还好吗？”

“目前还好，老实说其实还没有什么真切的感觉。”

虽然已经两个月了，但跟两个人在一起十年的时间相比，两个月显得微小。之前常听别人说，两个人在一起久了，若其中一人突然离开的话，被留下的那一方会无法适应。但小草并没有这样的感觉，有时候他还是习惯性地会购买两份用品，或是下意识挑了梅子喜欢吃的食物，然后回到家打开房门对着一屋子的空荡怅然若失，可是却不是悲伤。不是真的叫人呼天喊地的情绪，而是一种会发出一声“哦”的理解与接受。

或许在他的心里仍觉得梅子只是去放了一趟长假，是远行，而非远离。

“如果心情不好要说，不要闷着。”

“放心，没事的。有事我会说。”

“好，你说的哦。”

“没问题。”

那天之后，芊芊就开始比以往更加关心他，只是偶尔会担心他吃不好，特地买些吃的给他，但也是东西交给他后就离开，仅此而已。小草突然又想起梅子说过的话，“这种事女生都会知道”，思考着芊芊的出发点。然而芊芊仍一贯地节制，这让小草也安心不少，甚至觉得果然是梅子多心了。他现在还没有心力应付别人更多的情绪，不管是哪种。

脆弱的人更加容易被当时对自己好的人吸引，就像是溺水的人抓住浮木一样。不过小草的感觉并不是这样，他不觉得芊芊乘虚而入，一来是他不觉得自己有那么脆弱；二来是他跟芊芊本来就是好朋友，一直以来都会互相关心，有某种程度的联系，并不是突然加入的一个谁。只是芊芊的好比往常多了一点，如此而已。

芊芊对他好，小草自然知道。现在想起来，或许就是因为这种介于朋友与喜欢之间的好，他才可以默不作声。放任自己去接受她的好，其实是自己的一种默许。

小草并不知道芊芊的真实心情是什么，也不去过问，甚至是刻意不去追究。承担不了的事，就不要自找麻烦，很久以前小草就知道这个道理了。他跟芊芊的关系像是小时候常玩的双人拔河比赛，两个人将绳子绕过自己的腰部，右手抓着绳子，然后视对方的回应而跟着运用腰力放松或收紧。芊芊多给一点，他就退一些；芊芊收回一些，他就进一点，维持着某种平衡。

因为，梅子只是去放了一个长假。小草心里仍有这样的念头。

可是这个长假在某天，却成了没有终点的假期。大概是在第三个月的时候，那时候已经是夏天尾声了，太阳晒得头发昏，一出门就是满身摆脱不掉的黏腻感，他还是照常地上班下班，尽可能找时间去运动，日子过得寻常，就跟之前一样，就跟梅子还在时一样。

但突然间，就在某一个停顿的片刻，当小草经过两个人常去用餐的餐厅时，他觉得梅子不会回来了。

这样的念头才让小草真正沮丧了起来，仿佛一件以前没有意识到的事情，在这一刻成真了一样。芊芊也意识到

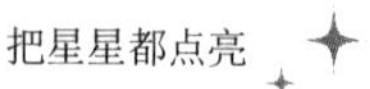

了这样的他，于是提议：要不要出去散心？去一个陌生的地方走走，暂时丢弃熟悉的一切？这或许是个不错的主意，小草欣然接受。

已经工作了几年所以存了一小笔钱，因此地点很快便定为从来都没有去过的欧洲，不过也不是真的多宽裕，所以最后选择了物价相对便宜的葡萄牙。

芊芊跟着他一起研究行程、找资料，小草以为她只是热心，但后来才发现他误会了。芊芊说的“去旅行散心”，原来是指“她陪他一起去”。

“我正计划九月要去葡萄牙玩。”

在某回的聚会上，芊芊对君艾这么说，当时小草才意识到这件事。对照着芊芊语气中隐隐的雀跃，小草终于开始觉得不安。但也就是因为这句话，他确定了芊芊对自己的心意，再也无法别开眼去。

当天晚上，小草就对芊芊表示自己不去葡萄牙了。

芊芊自然是感到惊讶，她急急问着“为什么”，但这是小草当时所能想到不伤害芊芊的方法。他无法跟芊芊说，自始至终他都是要自己一个人去旅行，所以只能顺着芊芊的想法找出解套的方法。

“我想把钱存下来。”他这样说。

其实他大可以答应去的，跟梅子已好几个月没联系了，他是单身，芊芊也是，他更不是不喜欢芊芊，她是个好女孩，他很清楚自己是被她所吸引着的，甚至若是早在梅子出现之前先遇到芊芊的话，他们是有可能会在一起的。有许多应该要去旅行的理由支撑着他，只欠他的应允而已。

可是，同时却也有一个确切拒绝的理由：他若跟芊芊一起去，就表示他跟梅子真的是再无可能了。

说来好笑，怎么还是想着他跟梅子的事呢？小草知道这样很可笑，但事实是，他的确还没有完全放下梅子，他还没有做好与梅子从此断裂的准备，虽然已经分手，但空出来的位置还是在等待着。心里头那些期盼只是被隐藏起来而已，从来都没有消失过。

也或者是，小草还没有打算与另一个人开始一段关系。但只要他跟芊芊一起去旅行，回来关系就会不一样了，不只是他跟芊芊，跟梅子也是，小草心里明白这点。

小草并不是把梅子摆在芊芊之前，而是一种不知道该

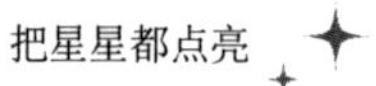

如何决定，所以干脆就不要决定的心情。他跟梅子长达十年的关系，不只是习惯，还有着更多的情绪在里头，那些是连小草自己都解释不清的部分。

而这其中或许也包含了一些卑鄙，因为他觉得芊芊不会轻易就离开自己。她喜欢了自己这么久啊，所以便可以放心地不做决定。他不是觉得自己应该等梅子，而是觉得芊芊会一直守候着自己。所以，小草不急，总有一天时间会帮他做出决定，只是不是现在。

因此，之后当他听到芊芊要跟允辰一起去葡萄牙时，惊讶得说不出话。她竟然要跟允辰一起去那趟原本属于他的旅行。

芊芊故意在气他！小草很快就发现了这件事，当天晚上甚至准备质问芊芊，但一拿起电话才发现自己并没有任何立场可以表示不满。是他先不要的，是他先拒绝的，怎么可以怪后面的人拿走了。

“波多美得叫人不敢直视，很喜欢这里……最近还好吗？”

在葡萄牙时，芊芊曾经发来这样一封短信，还附上了一张像是风景明信片一样漂亮的河畔照片，为此小草还特地上网搜寻这个地名，知道上面的那条弯曲的河叫“多罗河”。

在芊芊跟允辰的整趟旅途中，小草没有主动联系过她，但偶尔会在芊芊的脸书上看到她分享的相片，他强迫着自己去点赞，不过从来没有留下任何的话语。甚至在收到芊芊这封关心的信息时，他还刻意晚了一天才回复，上头只写着“还可以”三个字，再没有更多。他还在生气，气芊芊也气自己。

一直到最后他始终都没发出任何一声抗议，最后让芊芊跟允辰一起去旅行了。最后的最后，他们在旅途中竟然变成了情侣。

时间会帮他做决定，只是没想到却是朝反方向前进了。这是小草始料未及的事。

所以当知道芊芊跟允辰交往的时候，他会克制不住地脱口而出“我跟梅子分手了”这样的话。这大概是从梅子离开之后，他所说过的最情绪化的一句话。

葡萄牙那趟旅行是一个句号，芊芊在那个标点符号前

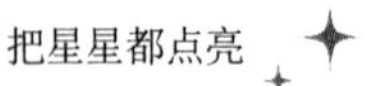

静止了。她还是对小草好，但不再是先前那种好，温温的，感受得到温度但却无法暖热身子。是朋友的那种好。她不再私下问他好不好，见面也是大伙儿聚会的时候。他们又回到了之前的状态。

两个人重新私底下再有交集，是因为垦丁。

“要不要找个假日，大家一起去旅行？”

某天芊芊突然传来这样的信息，一开始小草有点雀跃，以为是芊芊又开始对自己好了，但很快就发现原来旅行是阿群给的提议。也是，毕竟她现在是允辰的女朋友了。但也一直到这一刻，小草才发现自己已经好一阵子没有想起梅子了。

可是，芊芊却选择了去垦丁。

垦丁是小草在台湾最喜欢的地方，曾经有某一年的暑假，他甚至在那边待了一个月的时间，把第一个月打工赚来的薪水，全部在第二个月花在了垦丁。租了间短期的民宿，整天都泡在水里，饿了就吃，累了就睡，醒了就往水里跑，晒得跟木炭一样黑。

某天，他跟芊芊提起了在梅子离开后，芊芊时常陪自己聊天的事：“有机会，真想再去那边待上一个月。那段无忧无虑的日子，真想回到那个时候。”

“你最喜欢垦丁哪里？”

“鹅銮鼻灯塔。好高，可以看得好远。你不觉得灯塔可以给人安心的感觉吗？”

“我知道你的意思，好像只要有它在，就会觉得有目标可以依循，对吧？”

“是啊，就是那样。”

“我没去过鹅銮鼻灯塔，有机会带我去？”

“好啊。”当时他这样回答。

而现在，芊芊选择了垦丁。

可是，日子还是跟往常一样，并没有起什么变化。小草一度以为芊芊挑选了垦丁，是一种刻意、一种示好，她记起他说过的话了，然而其实没有。芊芊对他的关心仍然是常温，对身体很好，但却没有滋味。

垦丁并不是一个开关，把 off 切换到 on，它只是一个日历上的标记，再无其他。

十一月，垦丁的天气很宜人，不会热到难以招架，只是晚上凉了些，尤其是“点亮星星”这栋民宿，它位于山坡上，感觉从四面八方吹来的风更叫人瑟缩。比起雪白的房舍，小草更喜欢可以眺望海洋的草地，单单只是望着海洋，就可以发呆好一阵子。即便是晚上看不清楚波浪，光听着从远方传来的潮汐声，也足以安慰他。

民宿面对海的草地上恰巧就有一块平缓的大石头，高度及小腿，刚好适合坐着，想必这块石头设置在这里的用意也是如此吧。在民宿的大半时间，除了睡觉，小草几乎都在这块石头上度过。

来垦丁之前，小草就在心中默默做了个决定，这趟垦丁之行，是他的句点。不只是对梅子，对芊芊也是。是该有个结果的时候了，芊芊已经往前走了，或许梅子也一样，所以他也应该是。

“这里还是没变啊。”当晚从垦丁大街回民宿的路上，小草忍不住这样说。

当然，这里更热闹了，商店更多了，就连民宿也是一间接一间地开，充斥着整条巷子，尤其是白色外墙的希腊风格建筑更是数也数不清；满满的招牌耸立在大街小巷，各种颜色字体都有，像是占领了街道一样。但是，那种与世隔绝的感受还是一样。

这里不是大城市，不是苦着讨生活的地方，是度假、忘却烦忧的地方。

回到民宿后，由于时间还早，所以阿群提议要玩大富翁，就连游戏都带来了。大富翁，小草小时候跟小弟最常玩的游戏，好怀念啊。不过话虽如此，他从来都没有认真思考过这个游戏该怎么玩才会获胜，因为一直以来他都是陪着小弟玩，目的从来都不是要赢。

果然，他第一个就败下阵来。

“我到外面透透气。”他把手上的剩余假钞都交出去，也不管够不够，他只有这么多了。接着起身就往外走。

室外的温度更低了，一直到冰冷的空气接触到手臂，小草才想起自己刚才一进门就把外套给脱在沙发上了。但实在懒得回去拿，或许冷点好，可以清醒一点。

他照样挑了那块大石头坐下。皎洁的月光落在海面上，像是撒了亮粉似的，海面闪着细细的、亮亮的光泽，如同

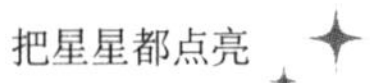

在缓慢地呼吸一般，但更多时候像是静止了一样。而那些跳跃的光，其实是风在吹拂。晚上的海洋，比白天的更能疗愈心情。

不知道待了多久，身体也渐渐习惯了低温，才这样想而已，耳边就响起说话的声音：“穿上外套吧。”听声音就知道是芊芊。

小草接过外套，身子往左侧挪动了一些，把右侧腾出了更多的空间，可以再坐上一个人了。没有开口邀约，但芊芊也自然地坐在空位上，两个人的上手臂轻轻依靠着。温度稍稍提升了一点。

“晚上这片闪闪发亮的海，让烦恼都没有了。”芊芊没有看着小草，眼神直直盯着眼前的景色。

小草有点惊讶地望着芊芊，芊芊像是会读心术一样，说出了自己刚刚的想法。

或许芊芊向来都是懂他的，知道他喜欢怎样的对待，只是他们的时间轴像是两条起点不一样的线，总是一前一后地错过。他们不是不适合彼此，只是没更多的时间去适合。

“但还蛮冷的。”芊芊搓了搓手臂。

“对啊，那我们进去吧。”小草作势要起身。

“没关系，我也想坐一会儿，看看海。”芊芊则左手轻拉了小草的手腕。

这个举动让小草想起，那时芊芊跟允辰在波多，是不是也是类似的对话与场景？看着那条蜿蜒的多罗河的时候，芊芊是不是也是这样轻轻拉着允辰的手，要他多留下来一会儿？

“你在垦丁的那一个月，每天都看到这样的海洋吗？”芊芊突然提问。

“嗯？没想到你还记得这件事。”

“当然，都记得。”

“那时候晚上很少看到海，因为白天忙着冲浪，所以回到民宿一躺在床上就累瘫了，常常还是给饿醒的。还好大街上的夜市营业到半夜，不怕没得吃。”

“哈，好难想象你是这样的个性。”

“不然你觉得我是怎样的人？”

“就是比较周详，按部就班的那种。”

“原来我在你眼中这么无趣哦。”

“不是啦，”芊芊撒娇似的拍了下小草的肩膀，“你知道我不是那个意思。”

“那……允辰呢？他是怎样的人？”

芊芊诧异地看了小草一眼，随即又别回头去：“好人。”

“就这样？”

“这世界好人已经不多了，很不容易了。”

“这也是。”小草望着芊芊，“那……你们还好吗？”

这回芊芊没有再用“你为什么这么问”的惊讶眼神转过来盯着小草，视线还是落在遥远的海面上，她说：“我跟他，差不多了。”

受到惊吓的反而是小草。

“差不多了？什么意思？不是好好的吗？”

“我们没有吵架，放心。”

“那是为什么？”

“我跟他本来就是不小心才碰在一起的两个人，但并不是真的属于对方。”

芊芊口中的“不小心”是指葡萄牙旅行？原本应该是

他们两个去的那趟旅行。小草低下头，沉默了几秒，突然又像是想起什么似的开口问："那允辰知道你的想法吗？"

芊芊摇了摇头："不知道，但我最近就会跟他说。"

芊芊的语气里有种坚决，小草不知道那是从哪里来的，但可以确定的是，她已经下了决心。

"那你呢？跟梅子有联络上吗？"芊芊反问。

"没有，她像人间蒸发了一样。"

"哦。"芊芊叹了口气，小草听不出来是惋惜还是庆幸？但他私心希望是后者。

"其实，这趟旅行，我在自己心里默默下了一个决定。"

"什么决定？"

"要告别梅了，当作一个句点总结。六个月了，够了。"小草刻意避掉芊芊的名字。

"是够了，浪费太多时间了。"芊芊低着头沉默了好几秒后，终于挤出这句话。

某一个瞬间，小草觉得这是芊芊对自己的指责。

冷风吹来，芊芊的身体不自觉地往小草身上靠了靠，她的左手臂轻轻贴着他的右手臂。

小草又想起了波多，他没有去过那里，但知道那座城市有一条很美的河以及很美的河景，当时他们是不是也是像这样紧靠着？是不是也是望着一片晶亮的水面呢？或许是因为感受到芊芊的体温，也或许是那片海洋作祟，小草突然意识到，这可能是他跟芊芊最后的机会了。

“喂。”小草从来都没有这样叫过芊芊。

“嗯？”芊芊回过头望着小草，虽然光线不好，但看得出脸上很平静。

“你……还喜欢我吗？”

小草从来都没有问过芊芊这件事，他总是回避、拖延着，然而到了现在终于没有再继续遮掩的理由了。最后的可能了。

听到小草的询问，芊芊静默了。

气氛突然有点尴尬，在某一瞬间，小草甚至想说出“当我刚才的话没说”这样的言语，但最后却打住了。说了就说了，话是收不回来的，一直以来他对芊芊始终犹疑，也对芊芊感到亏欠，或许这一句话，是他所能给芊芊的回报，他迟来的、最后的心意的肯定。

不知道过了多久，芊芊终于开口了：“你还记得你跟我提过的，你在垦丁最喜欢的地方吗？”

“鹅銮鼻灯塔？记得。”

“明天，我们去那里吧。”

“嗯。”小草笑了，他知道这是芊芊的回复，“好，我们明天去。”

“今晚的天空好漂亮，好久没有看到这样满天的星星了，好美的星空啊。”芊芊发出细微的赞叹，阿群也跟着抬起头仰望整片的星空。

“有时候我会觉得，人其实很像星星。”

“什么意思？”

“我们就像是浩瀚宇宙里的微小存在，遍布满天，但却各自孤独，一直到某天因为发现了对方所闪耀着的光芒，才得以相遇，于是有了连接。”

“由于看到了彼此的独特，因而才散发出光芒。”小草点了点头附和着。

“就像是由恒星所连接排列出来的星座一样。”芊芊看着满天的星斗，接着把头轻轻倚在小草的肩上，“今晚

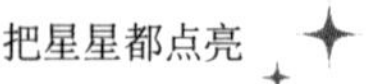

满天的星星都像被点亮了。”

当时小草天真地以为，那片星空是对他们的祝福。

回到台北后，一切就像是梦的延续，日子如常，但跟芊芊聊天碰面的时间变得更多了。当然是私底下两个人碰面，为了不让其他人发现，他们多选择在小草家见面，偶尔才是芊芊家，因为他住的地方刚好与大家住的地方都有一段距离，最安全。

他们见面的时候其实常常什么事也没做，可能只是一起吃个饭，或是一起看张DVD，再不然就是漫无目的地聊着天，奇异的是，两个人再也没提过垦丁那个晚上说的话，只是这样相处着、互相喜欢着。他们像是情侣，但又不是。

小草知道自己没有特别再询问是因为他跟允辰也是朋友，无法不顾及他的感受，因此不能逼着芊芊赶紧谈判。或许说来好笑，虽然他现在跟芊芊做的事已经等同是背叛允辰了，但毫不知情与刻意是不同层次的事。而且，现在这样也没什么不好。

至于芊芊，小草不知道她到底是怎么想的，他曾经迂回地问过她："你花这么多时间陪我，这样没关系吗？"

"没关系的，或许慢慢疏远反而比较好。"芊芊这么回答。

那时小草才明白芊芊打算用时间换取空间，先把时间拉长，再慢慢削弱亲密感，这样提分手的时候才不会那么难受。小草突然记起了梅子离开时的决绝，但随即又把她甩到脑后。

原本事情该是如此进行的。原本。

可是，梅子回来了。

昨天晚上他刚回到家，那是一个再寻常不过的下班后的晚上，突然房门的钥匙孔发出了嗒嗒的细微声响，一开始小草以为是自己听错了，接着梅子就出现在眼前。

"我从楼下看到亮着的灯，知道你在。"这是梅子开口的第一句话。像是问候，像是打招呼，也像是从来都没有离开过一般自然。

此时小草才惊觉，梅子离开后，自己不仅没有换过锁，就连另外一副钥匙也没有拿回来。他盯着梅子手上的钥匙发呆。

“我只是想试试，没想到真的打开了。”像是看穿小草的想法似的，梅子晃了晃手上的钥匙，然后把它收回口袋。

收回口袋……？这是什么意思？

“你……怎么来了？”这是小草唯一挤得出来的一句话。

“啊，抱歉，打扰到你了吗？”

“不是……但，你怎么会突然来了？”

一般的情侣分手了，会这样若无其事地跑进别人家吗？就像是住在这里的人一样，就像是还住在这里。

“我本来就住在这里啊。”

“什么？你搬走了啊，你自己看，屋子里没有你的任何东西了。”小草从椅子上跳了起来，“你一点东西都没有留下。”

“你觉得这是很重要的事吗？”

“什么重不重要？你一声不响就搬走了，还找不到人，现在又说‘本来就住在这里’是什么意思！”

“东西要搬进来、搬出去是很容易的事。”

“你以为这样很好玩吗？”小草吼叫着，他才发现原来自己没有自己以为的洒脱，至今还在意着梅子的离开。

“当然不好玩。”

梅子没有被小草的情绪影响，他当然是该生气的，他有正当的理由发火。如果是她，她也会。

“还是你把我当成什么有趣的游戏了？”

“怎么会有趣呢？一点都不有趣……”梅子顿了顿，接着说，“流产一点都不有趣。”

“什……么？！……流产！”这句话让小草的怒火瞬间冷却，“什么意思？你是说你吗？你流产？”他上前抓着梅子问。

“都过去了。”梅子温柔地拨开小草的手，“当然是我呀，不然是谁。”

“我的孩子？所以，你是因为这样才离开我的？”小草恍然大悟。

“当然不是。”

“不是？……什么？”

“别误会，当然是你的孩子，但我并不是因为流产才离开的。”

“可是你选择消失了。”

“我离开的时候，孩子还在。”梅子的身体轻靠在墙壁上，刻意与小草拉开一点距离，“应该是说，我是为了生下孩子才离开的。”

“所以你当时才会问我要不要结婚？”小草突然懂了当时梅子的偏执，“那你为什么不跟我说你怀孕了？”

“靠孩子来绑住男人，这可不是我的作风。况且不管你要不要结婚，我都打定主意要生下孩子了。我一个人可以养得活孩子。”

“那你就更没有离开的理由了啊。”

“你错了，刚好相反，是更有了非走不可的理由。”

“咦？”

“如果我选择留下，你想想，最后会变成什么样子？”

“当然是把孩子生下来啊。不然呢？”

“不是，是你会跟我结婚，如我所愿。”梅子轻笑着，像在说个笑话，“但这不是你要的。”

“我从来都没有说不跟你结婚。”

“是，你是没有说，但却清楚地表达了，你并不想要现在结婚。我不想因为孩子改变你的选择，这样太辛苦了。”

到此刻小草才懂了，原来这是梅子的温柔。

“这到底有什么不一样？不就是达到你要的结果吗？不是应该要开心才是吗？”

“不一样的。至少这件事我希望你是心甘情愿，你说这是我的固执也好，但，我希望它至少是。”

“我还是不懂……”

小草仍然不明白梅子坚持的是什么，至今仍然不懂，或许就是这样，她当初才会毅然选择离开。

“没关系，都过去了。”

“那……小孩是怎么……不见的？”

“前几个月我发生了一场车祸，孩子就流掉了。”梅子轻描淡写地说。

“什么？那你还好吗？”

“刚开始很痛啊，像是有人从胸腔把你的心掏出来一样，痛得不得了……但现在好了。都过去了。什么事都会过去的。”

“抱歉……”

“你道什么歉啊，你很好笑啊，又不是你开车撞我的。”梅子又笑了，“不过，在病床上躺了一个多月，也想了很多，所以……就回来了。”

两个人既然不是因为不相爱而分开，也不是因为无法相处而分手，自然有可以再继续下去的理由。

小草说不出任何话。

“虽然我不是因为流产才离开，但却是因为流产回来了。”

梅子把垂到脸颊的头发拨到耳后，此时小草才发现她把头发剪得更短了，原本就发型利落的梅子，现在更显刚毅。

“你知道吗？住院是一件奇怪的事，里面的人只做一件事，只想着一件事，就是康复出院。住过院之后，就觉得很多事都不用那么计较了……人，其实很脆弱。”

小草抬头看了梅子一眼，又低下头。

“当然我不会天真地以为你非要接受我不可，毕竟都过了六个月了，你可能也有新的对象了；就算没有，也不是一定要接受我才行。”

小草依旧沉默着。

“可是，我总得试试才知道。我只是觉得自己该试试。”梅子依旧一派轻松，“你可以有你的决定，没关系。只是若决定好了，就告诉我一声。再说，我欠你一次，这次让你决定吧。”

梅子起身往前拉了门把。

“钥匙先放我这儿，等你的选择，再决定它的去处。”

关门，带上，离开。

这次小草没有挽留。

像是被一阵旋风给卷过，满屋子的凌乱，小草脑子一片混乱，呆站在原地。

梅子，放完长假回来了。

当晚，小草失眠了。本来就浅眠的他，几乎一整夜未合眼，隔天挂着两个黑眼圈去上班。他刻意让自己忙，这样就不会想起梅子跟芊芊，他当然知道自己在逃避，但此刻他想不出更好的方法。他的游移不定又回来了。

最糟糕的情形不是分手、不被需要了，而是当你打算放弃的时候，她却说要回来了。她用离开粉碎你的生活，再用回头打乱你的计划，不管她走或留都干涉着你的人生。而雪上加霜的是，此时还有另一个人在等你。

爱情最大的难处不只在于两个人合不合适，常常是加上了时间，甚至有时候“在什么时候遇上了谁”比“这个谁好不好”来得更重要。人是可以磨合的、包容的、变好的，但却怎样都抵挡不了时间。

就像他跟梅子，她先到了，永远都是另一个人无法篡改的事实。梅子永远都是比芊芊早出现了三年，这跟芊芊好不好无关。

时间的残酷。

可是，小草还是无法做决定，不，他是逃避去做决定。他等着，等着时间再帮他做出另一个决定。他知道这样的自己很糟。不过他还是等着，然后尽可能让自己忙起来。

然而没想到的是，时间的决定来得比他预期的快很多。当天下午，芊芊就拨了通电话给他，电话那头表示她晚上会跟允辰说清楚，但在此之前想先跟他碰一下面。

其实小草早就跟芊芊约好了今晚一起吃饭，但因为昨晚梅子的突然出现，原本他还打算晚点跟她取消，没想到她就先打来了。

“为什么这么突然？”

“也不是突然，只是……觉得时间到了。”电话那头的芊芊支支吾吾。

“发生什么事了吗？”小草突然想到，难道梅子也告诉芊芊了？

“没有，只是再拖下去对彼此都没有好处，我也不想再藏着秘密了。”

秘密……？

此刻小草才想起芊芊的处境，跟他不一样，至少他是单身，而她却是背着男朋友与他在一起。

“好，那照惯例，约晚上七点半。”这次约在芊芊家。

小草不相信命运，但却相信顺势而为，或许事情本来就应该要这么快下决定吧。

“所以，芊芊下午打电话给你……？”听了小草的这些话，君艾迟疑地开了口，“那她没有说……什么吗？”

“没有。”小草摇了摇头，随即又说，“甚至连今晚碰面时，也没多说什么。你跟允辰的事，是刚刚听到你们说我才知道的。”他显然是听到了方才的对话。

允辰感到一阵热辣蹿上双颊，只是君艾仍是一脸的疑惑：“芊芊为什么不跟你说？”

“我不知道……或许，是在保护你吧。”

小草的话让君艾的脸色瞬间苍白。

“那你跟芊芊到底谈了些什么？”允辰问。

“其实没说到什么，因为芊芊临时要加班，一直忙到八点半才碰到面，但到九点她就必须离开去赴你的约了，你们约了九点？”

允辰点了点头。

“那芊芊知道梅子的事吗？知道她回来了吗？”

“知道，我跟她说了这件事，但仅此而已，没有时间可以再多说什么。”

“什么意思？多说什么？”

“其实在跟芊芊碰面前，不，一直到碰面时，我都没有决定要跟梅子复合。我没有跟她说这件事，我的意思是，我是说了梅子昨晚来找我的事，但我没有说要跟梅子复合。因为我还理不清。”

“这样不合理啊，这样芊芊怎么会知道你要跟梅子复合？怎么可能会因此而寻短见？”

“我发了短信给她。”

“咦？”其他三个人同时发出疑惑的声音，但接着允辰发出了“啊”的一声。

“难怪我跟芊芊说话时，她一直在看手机，原来是在等你的信息。”允辰突然恍然大悟，“那时的信息，想必就是你发的吧。”

“嗯。”以一种几乎看不到的弧度，小草轻点了头。

“但你不是说你到了跟芊芊碰面时都没有决定，为什么突然下了决心？”阿群按捺不住情绪。

“因为允辰。”

“我？”

“因为芊芊还有你，她可以回去你身旁。但梅子只有我而已。”

这句话让允辰脸色一片惨白。

“所以我才会这么快做出决定，希望可以赶在芊芊摊牌前阻止她。我希望来得及阻止她跟允辰分手……但终究还是太晚了，所以现在才会这样……”小草自责地落下眼泪。

“所以你才会要我去芊芊家，就是要看她好不好？”阿群接话。

“嗯，”小草擦干眼泪，“发出短信后，一直没有收到芊芊的回复，之后我又传了一封，仍是没有回复，所以很担心，才会要你过去帮我看看……我觉得芊芊再也不会想看到我了。”

小草顿了顿，又像是喃喃自语：“要是早知道君艾跟允辰的关系就好了，我的决定可能就会不一样。结果也就会不一样了。”

“不会，一样的。”允辰突然说。

“……这句话是什么意思？”

“其实，芊芊是在收到你传来的信息后，我们才提到分手的，”允辰想起咖啡厅里手机屏幕亮起，芊芊低着头的样子，“而且她也没有挽留我，就像是……顺其自然让它发生一样。所以，不管你的决定如何，其实结果都是一样的。”

不过是今晚的画面，但允辰却用一种回顾遥远记忆的口吻与神情在说话。

“什么？！”允辰的话让大伙儿发出惊呼。

“芊芊知道了所有的事，那为什么还会做这样的决定？为什么还会寻短见？”

即使再靠近，也有无法理解对方的时候；即使再亲密，也还是怀抱着秘密吧。人就是这样的动物吧，一方面相信着别人，同时却也小心翼翼地保护着自己。

“芊芊为什么要这么做……”君艾近乎喃喃自语。

“你们知道吗？”

突然，一个女生的声音出现，大伙儿抬起头循声望去，看到了芊芊正站在急诊室前方分岔通道的出入口位置。苍白的脸像是幽灵。

“其实，割腕是很难让人死掉的自杀方式。”她这样说。

第五章

女朋友

“芊芊！”四个人几乎同时喊叫出声，簇拥上去。

芊芊的左手腕绑着纱布，手臂直直地垂落在身体两侧，洁白的纱布上看不见任何血红的颜色，反而有种奇异的洁净感，就像是刚洗涤干净的被单一样。没有丝毫血腥的气味。

芊芊的出现，让大家都松了一口气。还能站在这里，就是好事。

“你还好吗？医生怎么说？”

小草拉着芊芊到椅子上坐，跟着也在她身边坐下，其余的人则站在前方。君艾像是安了心一样，轻轻哭了出来。

芊芊摇了摇头，让人分不清是在说“我没事”还是“我不好”，接着她又重复刚刚说的话：“你们知道吗？割腕只是一种手的毁容而已，但很难真的让一个人死亡。”

“什么？”

“我在报纸上读过相关的报道，大部分选择割腕自杀的人，其实都不是为了自杀，而是为了获得关注而已。”

“现在不是开玩笑的时候。”芊芊的一派轻松，反而使得允辰有点恼火。

“我知道。所以我是认真的。”

“那你为什么要割腕？还要做这种傻事？”

芊芊苦笑了一下，侧头看着正在啜泣的君艾说：“不要哭了，我没事的。”深深吸了一口气，又说，“你……是不是觉得我抢走了允辰？”

君艾闻声抬起头看着芊芊，一脸的惊讶。

“其实，从葡萄牙回来没多久，我就发现你喜欢允辰的事了。”

“怎么会？”君艾睁大眼睛，一脸的无法置信。允辰也以同样的神态慌张地望着芊芊。

“你还记得我从葡萄牙给你带回来的礼物吗？”芊芊对君艾说。

“记得，里斯本的星巴克城市杯。你说因为有点重量，所以想先拿来给我，免得等到大家聚会时还要带着它走来走去的，不方便。”

“对，就是那次。那天我在你家发现了波波狮的杯子。你唯一喜欢的插画是黑白的马来貘，家里会出现的图案都是它的图案……你向来都不喜欢可爱缤纷的图画，所以有这样一个杯子出现在你家里，是一件奇怪的事。”芊芊顿了顿，“它是个极不自然的存在。”

“但那也可能是朋友送我的。”

“我有想过这个可能，但你说这是超市集点的赠品。你说了这样的话。”

如果不是喜欢的东西，那为什么还要费心集点？一定是有其他原因支撑着。

“啊……”君艾猛地想起，自己当时的确是这样回答的。她如实回答，因为找不到必须隐瞒的原因。

“可是这也不能证明什么。”

“照理来说，杯子又不是什么奇怪的东西，很日常，本来就不应该大惊小怪才是。可是，问题就出在我在允辰的家里也看到了同样的集点杯子。”

“嗯，我也有一个没错。”允辰点点头附和着，但接着又发出了抗议，“可是……这也没什么啊。”

“所有的情节，都是经由这些没什么所累积出来的。”芊芊继续说，“就是因为这样的联想，我才记了起来，我们第一次跟允辰碰面的时候，当天君艾是穿了裙子的，平常很少穿裙子的君艾，当天却刻意打扮，当时我就有点讶异，但也没多想。后来我才想到……”芊芊停了一下，“其实，那天君艾把允辰约来小角落跟大家见面，目的不是想要介绍大家认识……”

“不然是什么？”提问的是小草。

“其实是想要我们帮她鉴定允辰吧。君艾并不是要我们跟他当朋友。”

“你是说，把自己喜欢的人带来让朋友看看评鉴的那种吗？”

“嗯。对吧，君艾？”

“是的，是这样，没错。”君艾丝毫不闪躲。到了此刻，回避再也没有意义了。

“但这一切也可能只是巧合啊。”允辰还是无法接受这个说法。

“当然，因为就连我都无法相信这件事。情同姐妹的朋友喜欢自己的男友，怎么可能会没发现？也太迟钝了吧。”芊芊说，“一直到我发现了另一件事之后，我才肯定了。”

“什么事？”

“有天晚上跟允辰吃饭时，他递过来手机，指着上面的动态问我：‘君艾最近为情所困吗？她下午才发的帖子。’”

芊芊看了一下允辰，允辰点点头肯定了曾有过这件事。

“当时我一头雾水，但君艾的脸书动态的确写着‘每回看到他，都只是提醒我的伤心’这样的一句话，任谁都会觉得这是写给自己喜欢的人的话吧？”

“可是这跟允辰并没有直接关系。”小草提出质疑，“也可能只是书上看到的句子而已啊。”

“是的，但问题的怪异点就在于，我的脸书动态墙里并没有出现这则动态。至少我没有印象。”

“啊……”君艾像是想起了什么事，轻声惊呼。

“事后我还特别再次检查了自己的脸书，才证实了其实我是被君艾屏蔽了。君艾刻意不让我看到那则帖子。”

君艾的头压得更低了。

“可是这并不合理，君艾怎么会没想到，你可能会经由允辰得知？”

“因为比起这件事，我更希望允辰看到动态。”低着头的君艾终于开了口，“……我还是希望可以得到允辰的关心。对我来说，这是 种补偿。”

“所以这也就解释了，当初为什么你会拼命想要阻止我跟允辰一起旅行了，还有那些偶尔出现的反常举动，一切都合理了。”芊芊点了点头。

“对不起。”君艾眼眶再次红了。

“不，该说对不起的是我。我自认为是你最好的朋友，竟然没有察觉你喜欢允辰，然后还跟他在一起……想必你一定很难受吧？”

君艾又哭了。

“自从发现这件事之后，我一直都很自责……也无法再跟允辰相处。”

“这句话是什么意思？你的意思是……”允辰压低音量说话，就因为太刻意，反而显得生气，“你因为对君艾感到愧疚，所以故意惩罚我？”

“当然不是。”芊芊赶紧反驳，“我是无法原谅自己。”

“就因为跟我在一起？”

“对，但也不对。”芊芊停顿了一下，说，“你们都不知道，小草跟梅子并不是在十月分手的事吧？”

“但我们确实十月时才知道啊。”

所有装着秘密的罐子，在今晚都被打翻了。

“其实小草跟梅子早在六月就分手了。”芊芊转头跟小草确认。

“嗯。”小草点了点头。

“我是第一个发现这件事的人，但我没有跟大家说，因为觉得小草并不想张扬。而我也没有资格去帮他宣布这件事。所以那阵子我特别关心小草，常陪他聊天，走得特别近。”芊芊停顿了一下，深呼吸一下才又继续说，“甚至葡萄牙的旅行，原本是计划要跟小草一起去的。”

躺在病床上时，还有刚刚她隐身在通道的转角时，芊芊听着大家的对话，不断思考着，自己当初是怀着怎样的心情去对小草好的。说没有私心是骗人的，她喜欢小草，而且喜欢很久了，可是当他跟梅子分手后，自己却没有想要跟他交往的冲动。

她小心翼翼，一方面当然是知道小草还在复原期，离开一段十年的关系很不容易，她知道，所以才能不心急。她只要能陪在他身边就好，只要时常可以出现在他左右就好。只要确保没有其他人站在她的前面就好。

芊芊觉得只要一步一步慢慢接近就好。所以，她才邀请小草一起去旅行，这是那个小小的一步。只是她怎么也没有想到，小草会反悔。她当然生气，几乎可以说是愤怒，因此才故意答应了允辰当旅伴，目的就是气小草。

如果小草为此生气就好了，如果他能因而有一点反应就好了，甚至是发出一点抗议的声音阻止都好，她就有继

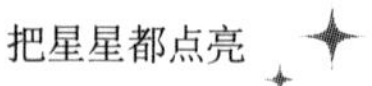

续的动力了，然而没有。对此芊芊伤心不已。

那段时间，她都沉浸在自己的悲伤里，所以才会忽略了君艾的情绪，也才会错过了君艾的反应。芊芊自责的是这件事。

“如果早就知道君艾喜欢允辰，我就不可能会答应跟允辰一起出国。”

“所以原来我只是替代品？”允辰沮丧地垂下肩膀。

“不是的，”芊芊语调突然升高，“或许现在说这些你都不会相信，但在某一刻，我是真心接受了你，并不是把你当成另一个谁。”

爱情本来就有许多种样貌，被爱与爱人，还有对待与被对待，常常并不是那么容易分得清楚。尤其当一个人陪伴着自己、对自己好时，被照顾的感觉更容易变成一种情愫。芊芊也知道这点。

可是当等待一个人太久之后，你也会开始质疑自己，认为自己以为的那些爱是否只是存在于自己的想象中。再跟着，也会开始思索其他的爱，这并不是退而求其次，而是开始觉得“或许这样的爱也不错”，这里头不是贬低，而是包含了更多的理解。

在葡萄牙那十几天的旅行，从里斯本、罗卡角、奥毕朵，再到波多，允辰对她的细心与示好，芊芊都能感受得到。一个人对于另一个人的在乎程度是掩饰不了的，尤其是朝夕相处的旅行，更能够让人轻易地感受得到。

而只有两个人的旅行，互相依存的关系也会加倍彰显，即便芊芊从来都不是需要别人照顾的那种女生。

“你的上衣皱了。”旅行第三天的时候，允辰对芊芊说了这样一句话，当时他正准备帮她跟著名的28号黄色电车合照。

这句话让芊芊有点惊讶。她不在意表情是否不对劲，光线会不会奇怪，或是构图不够好，刘海因为很明显容易被提醒，但衣服却很容易忽略。所以，照相时她最在意的其实是衣服的整齐。

因为混乱的衣服会让她感觉自己的窘迫。这跟她的成长背景有关，自从跟自己最亲，不，应该是说对自己来说是唯一一个亲人的奶奶去世后，她开始轮流在父亲与母亲两边居住，时间长短不一，但大抵是以学期为单位。

在那段时间里，芊芊最庆幸的，是父亲与母亲跟奶奶家刚好都在附近，相距不远，两者约莫三十分钟的车程。虽然离其中一方远了一点，但可以让她在同一所学校读完三年书，免去转学的状况。

然而到了高中后，芊芊就刻意选了一所远一点的学校，直接搬到外面住。为此她的父母也松了一口气，芊芊知道。

因为从小就是由奶奶拉扯大，所以跟父母的关系更像是逢年过节才会见着的亲戚，父母对她来说是种模糊的概念，尤其是他们现在各自都有了新的家庭。

父母的新家庭都有孩子，所以她一共有三个弟弟与一个妹妹，两个同父异母、两个同母异父，不变的是，无论在哪边，她都是排行最长的那一个。因为这些因素，她从来都得不到关注，她永远是站在最远位置看着眼前剧情的人。

父亲与母亲或是继母与继父并没有苛待她，电视剧里那种挨饿或虐待的戏码从来都不曾在她身上上演过，他们都和善有礼，但就因为太客气，反而亲不起来。

不坏，但永远也得不到最好。

芊芊时常会觉得自己像是工厂线的一环，而他们是作业员，固定在某个位置装上某个零件，不会多也不会少，一种例行的事务。

不要惹麻烦，不要引起注意。那个时候，这样的想法就在她的脑海里根深蒂固。

也因此，在高一新生的自我介绍上，当君艾在讲台上说着“我家里有爸爸妈妈，还有一个弟弟，我们住在四层楼的公寓里；爸爸是公务员，妈妈是超市的店员，弟弟还在读初一。每天晚上妈妈都会煮饭给我们吃，我妈妈很会煮菜，常常煮我喜欢的肉排给我吃，那是我一天最快乐的时候”，芊芊听得入了迷。

自我介绍时，人家都是尽可能挑选最值得夸耀、最容易引起注意的事情讲，例如得过什么奖，参加过什么活动，或是初中时担任过什么职务等，但君艾却说着平凡无奇的事情。然而就是这样的话语，才引起了芊芊的注意。

当时芊芊抬起头来看着讲台上说话的女生，一头像是整理过却也像是没梳理的及肩短发，白色的制服衬衫上还有新衣服的褶痕横跨在中央，几乎可以想象，一定是早上

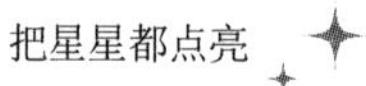

才匆忙把衣服从塑料袋里拿出来，然后用最快的速度梳了头发后，再赶来上课吧。

她羡慕着。芊芊几乎可以在脑海里浮现君艾家庭的生活样貌。她从来都没有想要一个与众不同的家庭，她要的只是最寻常的那种。

所以在第一节下课后，芊芊就去找君艾聊天。她想要知道一般的家庭是什么样子。也就是在那时候，她才发现自己原来怀抱着自卑感，她总会极力显示出自己教养很好这件事，头发梳整齐，衣服不能皱……任何会被质疑没人照顾的细节都不能展现。

她可以应付一个人生活，但无法应付同情。

因此，芊芊最在意的是衣服是否整齐这件事，这是一个象征，所以每次拍照时都会特别提醒自己注意将衣服向下拉平。她从来没有跟任何人说过这件事，连君艾都没有，然而才不过第三天，允辰就发现了这件事。

而这一切，恰巧也对照了小草对自己的漠不关心。从知道她要跟允辰一起旅行之后，小草从来都没表示过什么。如果他能因此有一点反应就好了。

后来芊芊才发现，自己其实一直以来都在等待着小草的回应。

到了旅行的尾声，当时是抵达波多的第一天，他们预计会在这里待两个晚上，然后回里斯本再待一天，就要结束这趟旅行。为期十二天的旅行，心情已经从一开始的雀跃转为和缓，其中还掺杂着一点疲倦，还有即将回家的慰藉。

整体而言，葡萄牙是个叫人喜欢的国家，优美的风景，便利的交通，相对低廉的消费，观光人潮也没多到令人无法消受的程度，芊芊很喜爱这里。

尤其是波多，才刚到的下午，当踏上路易一世铁桥时，阳光洒在多罗河畔，闪闪发光的河面像在跳舞似的，岸上则是沿着和缓山坡建盖的彩色调房子，就像是走进了梦境一样。才第一眼，芊芊就喜欢上了。所以在要离开这座城市的前一晚，还任性地要求再去河畔看一眼当作告别。

因为太喜欢波多，所以芊芊才在抵达的第一天终于鼓起勇气主动传了信息给小草。她简单描述了波多的美，句末则是加上了自己的关心问候。

“波多美得叫人不敢直视，很喜欢这里……最近还好吗？”

不明显、不张扬，甚至连暗示都没有，但这短信其实是个引子，是接续起双方的那条线。

她管不了谁先谁后，或是不是会被笑话，她还是想知道他是怎么想的……她仍在暗暗地期待着他的回应。

只是，收到信息已经是隔天的事。

不是因为时差的关系，芊芊计算过两地的时间，葡萄牙的上午则是当地的傍晚。就如同透过信息传来的不带温度的回应，那种不在乎一个人才会使用的词汇。这是整趟旅行中跟小草唯一的一次联系，却也让芊芊彻底灰了心。那些冰冷的字眼，都像是对自己的嘲笑。

原来，等待得太久不是会感到疲累，而是有一天会发现自己不知道为何而等了。感觉再没有意义了。这点最叫人伤心。

所以，她真心接受了允辰。接受了另一种爱的可能。

旅行回来之后，芊芊刻意与小草保持距离，不主动联系，不特别问候，他就跟其他朋友一样。就跟阿群一样，都是朋友，只是朋友。

可是，当允辰在聚会里宣布两个人交往的事情后，没想到小草紧接着也自曝了他与梅子分手的事，芊芊有点惊讶。当下，她就知道小草生气了。毕竟喜欢一个人这么久了啊，多少是了解他的。

终究他还是有点回应了，终于。只是慢了。

然而这个生气，终于等到的这个生气，仍是让芊芊有了动摇。并不是认为自己跟小草可以重新开始，而是他的举动说明了他仍是有点在乎自己的，而自己，是否放弃得太早？会不会她跟小草，其实是自己先放弃了？

再接着，又发现了君艾原来喜欢着允辰的事情，而且是还持续喜欢着……芊芊反复问着自己：自己到底错过了什么？或是自己根本是错了？有人将她脑子里思路的回线用手胡乱拨弄，她混乱不已，对小草、对君艾，甚至是对允辰。

就在这样的时候，阿群提议大家一起出去玩的计划。是这个提议拯救了她。

就用它来当作告别吧，由旅行开始的缘分，就用另一场旅行来终结。芊芊当时这样想。

不过，真正让芊芊决定结束跟允辰的关系，其实是因为这样的割舍对芊芊来说，并不为难。君艾或许是个因素，但并不是主因。

芊芊当然对允辰有着一定程度的感情，毕竟当初是怀着认真的心意与他交往，可是，实际在一起后，却也很快就发现这并不是她想要的爱情。她已经不是少女了，不需要多激烈、多热切，但例如悸动、例如心跳、例如光是看到对方就觉得满足，这样的温度她都感受不到。

允辰越是对她好，恰巧就越展现了他的不足。这是爱情的残酷。

就像小草只消简单的一句“我跟梅子分手了”所引起的震荡，在这些与允辰一起的日子，从来都没发生过。而小草几乎是毫不费力。两者差得很远、很远。

另一种爱，但从来都没有所谓的另一种爱。对她来说，从头到尾都只有一种，小草的那种。不一定只有小草才做得到，但可以确定的是，允辰做不到。

所以当她跟允辰提起大家要陪小草出去散心时，刻意把地点引导到垦丁这个方向。去不了葡萄牙，那就去对小草有意义的地方吧，至少能够以这样的方式一起旅行，然后，就能没有遗憾地一并跟他道别了。

不要再有悔恨了，够了。

垦丁，是自己替自己下的一个休止符。

当时芊芊是这样想的，只是后来事情的演变不在她的设想之内，竟成了现在这个样子。

“允辰，”芊芊突然转头望向允辰，“我很抱歉伤害了你，可是你给不了我想要的爱情，而我，也同样无法那样回应你。但请你一定要相信，这不表示我没有尽力过……对不起。”

芊芊的道歉让允辰的眼神暗淡了下来，其实芊芊并不残酷，他知道。他几乎可以相信，芊芊是用了她所知道的最和缓的方式离开了他。残酷的，向来都是爱情。可是，他心里受伤的感受也是千真万确。

“你跟小草是何时在一起的？在垦丁时，还是更早之前？”

现在问这些事根本就没有意义，已经发生的事，再去

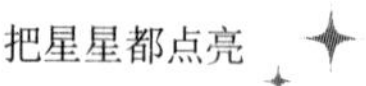

追问从来都不是明智的。可是允辰忍不住，他仍是想要抓住一点什么，一点能够平复他心情的东西。

“我跟小草是意料之外的事情。去垦丁前，我并没有什么假设与其他想象。”芊芊摇了摇头说，“那趟旅行，本来是我对自己的承诺，我把它视为一个对过去告别的仪式。”

“告别仪式……？”提出疑惑的是君艾。

“是我跟允辰，还有……对小草的毕业旅行。我打算在旅行后，就结束这些牵挂，重新开始。”说这句话时，芊芊又以抱歉眼神看了允辰一眼，“只是我并不知道小草也做了一样的决定，得知后也很惊讶。”

“是那天晚上在草地上的那块石头上知道的？”阿群提问，他也有想要解开的疑惑。他又想起了那片星空，以及石头上依偎的两个人。

“嗯，就是那时候知道的。”

那个晚上，当小草说出“这趟旅行是一个总结”这样的话……芊芊怎样都猜测不到。她从来都没有觉得他们会死灰复燃，在她的心里，这趟旅行是一个句点，而不是逗点。可它就是发生了。不对，是任由它发生了。没人有阻止的打算。

任何事都是这样的，所谓的“水到渠成”，其实都包含了顺水推舟，或多或少。常常我们以为控制得了的事都在设想之外；以为身不由己的事都掺杂了一些自愿。

因此当天夜里芊芊无法成眠。她的左上臂仍残留着方才小草右手臂的余温，但这一切会不会都是幻觉？会不会……小草又后悔了？这样的疑问在她的脑海里打转，她在床上翻来覆去难以入眠。

幸好允辰是容易入睡的人，一睡着就不容易醒来。芊芊暗自庆幸这点。

或许就是因为这样，才给了她下楼的勇气。她想要确认小草的心意，想要知道今天晚上他们是不是有了约定？或是根本只是误会一场？当时没说清晰的字句，此刻急欲得到肯定。

芊芊蹑手蹑脚地轻声开了房门，也不敢开灯，生怕惊醒其他人。因为大片落地玻璃窗的关系，才一踏上楼梯，芊芊就看到了前院草地上那块大石头。方才她跟小草一起

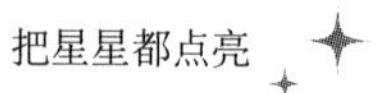

并肩而坐的那块石头，在星星的照耀下，散发出幽暗的光。她愣了一下，适应光线后，才又继续往下走。

叩！叩！到了小草的房门口，轻轻敲了几声。芊芊已经刻意放低音量，虽然声量不大，但在寂静的夜晚，空荡的客厅里还是发出了回音。

没回应？芊芊又敲了一次，里头还是没有动静。应该是睡熟了。正在挣扎要不要继续等的时候，就听到了细微的疑似开门的声音，是楼上传来的。之后还伴随着窸窣移动的人声。

有人起来了？被听到了？还是只是有人起来上厕所而已？芊芊一阵慌乱，赶紧转身，才走到楼梯口，就从栏杆缝隙看见阿群正要下楼。他的手紧紧抓着楼梯的扶手，小心翼翼地移动着，想必是眼睛还未完全适应黑暗。

因为没地方躲藏而且也来不及，要是跑到客厅躲在沙发后一定会被看见，念头一转，于是芊芊跟着踏上楼梯往二楼走，然后在遇到阿群时假装吓一跳，佯称自己下楼上厕所。

芊芊当时以为这谎会成功的，因为阿群没有不相信的理由。芊芊单纯地这样想。

隔天一早，当大伙儿聚集在餐厅吃早餐的时候，芊芊立即提议要去鹅銮鼻灯塔。本来这趟旅行就随兴，所以也没有人反对。

“一早太阳就好大。”

离开民宿时才上午九点半不到，阳光已经强到让人睁不开眼，离开前，君艾还特地喊了一声：“大家再确认一下东西是否带齐。”

由小草开车。“垦丁是我的地盘。”他这样说。

阿群照样霸占了副驾驶座的位置，其他三人坐在后座，芊芊在中间的位置。一坐上车，允辰下意识就牵起了芊芊的手，拉着放到他自己的腿上，这是允辰的习惯之 。芊芊突然想起，在波多的时候，也是这样吧。如同他们开始的时候。

因为允辰手心传来的温热，才把芊芊的思绪从小草身上给拉了回来。自从昨晚开始，她想的都是小草，或是她和小草，根本没有思考过允辰。虽然自己早在昨晚之前就做了决定要离开他，但此刻她仍是允辰的女朋友。而现在

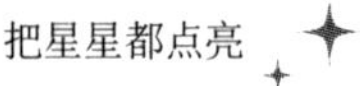

她还增加了一份罪恶感。

其实要用什么理由结束两个人的关系，芊芊根本毫无想法。允辰对她很好，所有身为男友该有的、该做的他都有，唯一没有的是让她心动的感觉。这并不是他的错。

可是，若真用这样的理由分手，芊芊考量更多的反而是君艾。自己跟允辰是否还能当朋友，对芊芊来说并不那么要紧。他们还没认识这么久，情谊还没那么深。而是，若用这样的理由结束跟允辰的关系，可能会连君艾都一起牺牲掉。

她知道君艾还喜欢着允辰，她也清楚，君艾是个自尊心强的人，虽然外表看起来圆融和善，但其实骨子里有着刚烈的一面。这样的君艾，是不会接受被自己所抛弃的允辰的。

如果以这样的方式结束跟允辰的关系，也就等于阻断了君艾跟允辰的机会。芊芊并不想这样。

那就让允辰主动离开我吧。这是最好的方式，芊芊终于这样想到，这是唯一可能的解决方式。她盯着那只轻轻扣住自己的手发呆，突然，一抹光影吸引了她的注意，是驾驶座椅背后方夹层放着一瓶水，阳光穿过车窗照射在水瓶上所折射出来的光线。

方才驶往鹅銮鼻灯塔的路上，途中他们经过了便利商店，大家下车买了水跟一些零食解馋。这瓶水就是当时买的，“我们两个人先买一瓶就好，免得一直拿着太重。”允辰打开便利商店的冰箱门时这样说。就跟在葡萄牙时一样，水仍旧由允辰携带。

而此时，水瓶里的水只剩下一半，方才一回到车上允辰就已经先灌了一大口。

真是的，明明知道自己很爱喝水，太阳又这么大，干吗坚持只买一瓶。芊芊看着摇晃的水在心里叨念着。突然一个念头闪过她的脑海，就像是那瓶中的水所折射出来的光，她知道该怎么做了，就从这里开始吧。

抵达鹅銮鼻后，芊芊一直默默注视着那瓶水，终于在允辰喝下最后一口时，发了脾气。

真要吵架原来是很容易的事，任何小事都可以是理由，但反过来说，其实也都不是吵的理由。就因为这次蓄意的争吵，芊芊才明白了这件事。所以当她看着允辰冲下山坡

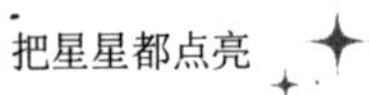

去买水，更加觉得过意不去。

旅行结束回到台北后，芊芊开始刻意跟允辰保持距离，见面的次数更是屈指可数，这不是因为她把时间用在了小草身上，而是因为她想用疏远来结束两个人的关系。总会有人先受不了的，总会。

再后来，芊芊也发现了允辰会透过君艾来打探自己。实在太容易发现了，因为她跟君艾已经熟到平常不会特别去询问彼此的状况，这近十年下来，早就培养出特有的默契了。所以当她特别来问“心情好吗？”“最近好不好？”等关心时，反而显得不自然，就跟波波狮的杯子一样，唯一合理的解释就是允辰是透过君艾来试探，毕竟他们是同事，而且是除去自己之外，允辰最熟识的人。

对于帮自己喜欢的人来询问另一个人的心情，芊芊不知道君艾的想法是什么，可是她却为此感到开心，是真心地在为君艾而开心着。或许，他们两个会因此而有了连接，或许，这是她跟允辰关系里头所发生的最好的一件事，或许……

但不能让君艾知道这件事。对于自己放弃的人，却拥有着大方的念头，是多么自我膨胀的事。她一定也会对此感到卑鄙。芊芊知道君艾一定会这样想，即便自己是真心诚意，也逃不过类似这样的指责。绝对要对君艾保密。

所以在当时，芊芊更确定了要用时间战术，拖延她跟允辰的关系，希望最后是由允辰做出决定，然后平和地结束。唯有这样的方法，才能够不伤害到允辰，也才能够成全君艾，也或者是，之后若君艾真的与允辰交往了，也不会因为要顾虑允辰的怨怼而选择脱离原来的朋友圈。这是芊芊所能想到的伤害最低的方式。说到底，其实是为了留住君艾才这么做，也是一种保护她的方法。

只是芊芊怎么也没料到，阿群会抢先一步发现了她跟小草的事。

昨晚当阿群坚持要来拿书时，芊芊就觉得有点怪异，而且刚好就在小草离开后就发信息过来，太巧合了。

芊芊此时才明白，她昨晚预留半小时的遮掩其实并没有意义，而当时阿群口中的“你选择了加入”，原来说的是：“她叛离了他，去了另一个阵营，小草那边的阵营。”阿群并不是在指责她喜欢上小草，而是在责怪她抛弃了他。

当时她不知道为什么阿群会生如此大的气，刚刚听到他所说的话后总算懂了。

昨天整个晚上，芊芊都在思索着如何跟阿群解释，她还没有打算告诉小草，因为他可能会直接冲去找阿群，这样会更难收拾。但没想到君艾却在上午先来了电话，说要一起吃个午餐。

君艾从来都没有来找过自己吃午餐，当时芊芊隐约就觉得不对劲，事后果然证明自己的预感无误。

“我跟允辰在一起了。”

芊芊永远记得，君艾的开场白。没有寒暄，没有客套。当她踏出办公室门口，前往约定好的路口碰面时，远远地，就看到了君艾正站在树下，凝视着远方，仿佛已经在那边等待了很久似的。等到她叫她时才回神，接着，就说了这句话。眼神仍像看着远方一样。

因为君艾的表情，一开始，芊芊还以为自己听错了，但随即发现是真的。于是她说了“对不起”。她的道歉来自自己竟然从来都没有发现君艾的心意，因而感到愧疚。可是同时却也有一股安心之感油然而生，事情似乎走向了她想要的方向。

然而，君艾却生气了。

比起听到她跟允辰在一起了，君艾的激烈反应反而让芊芊加倍感到惊讶。这不是君艾要的吗？为什么她要发脾气？于是芊芊更使劲地道歉，希望先平息君艾的怒气，只是她越低声下气，君艾就越是怒不可遏。

“今后我们就不要再见面了，就当我没你这个朋友！”

最后，君艾丢下这句话转身就走，留下芊芊一个人呆站在原地，仍然搞不清楚到底发生了什么事。

就当我没你这个朋友！这是芊芊自昨天以来第二次听到类似的句子，这句话重重打击在她的心上。

而在还来不及厘清原委的情况下，跟着下午就接到了允辰的电话，约定晚上要碰面。已经好一段时间没跟他见面了，从垦丁回来后，芊芊总是想尽办法回避再碰面，原本这回也打算继续拖延，但随即就想到，想必允辰会找自己是因为跟君艾的事吧，于是一口答应了。

或许是到了该把话说清楚的时候了。

但在跟允辰碰面前，她需要先跟小草见面，所有事都要先让他知道，包含阿群发现了他们的事，还有君艾跟允辰在一起的事。电话那头芊芊先简单跟小草说了晚上要跟允辰碰面摊牌的事，但细节等到晚上见面时再说。

只是很不巧，下班前她隶属的部门临时发生了状况，需要处理，所以芊芊一直到八点多才回到家。一进门，发现小草已经在里面等了。小草知道备份钥匙摆放在门口的第三层鞋盒里。

“抱歉，公司临时有事。”芊芊一进门就把手上的公司资料往墙边一丢，她知道即使回家也没有时间跟小草多说什么，但她还是决定先回来一趟，至少把手上的资料放下再去赴约。

“没关系，你吃了吗？要不要先吃点东西？”小草在六点多收到芊芊的短信，表示会晚点回来，要他先吃饭。但他也一并买了她的晚餐，她最爱的寿司。

“太好了，我好饿。”

“你不是说要跟允辰碰面？你们约几点？”

“九点。”芊芊边夹起寿司边说，“现在几点了？”

“八点四十了。”

“天啊，快来不及了。”芊芊赶紧喝了口茶，匆忙起身就抓起包包准备出门，她提早赴约的习惯还是没改变，“不好意思，我可以晚点再打电话给你吗？我先跟允辰碰面。”

“当然，你快去吧。”小草挥挥手要芊芊赶紧出门，但正当她推门出去的时候，突然又喊了她一声，“芊芊。”

“嗯？”芊芊的手停在锁头上，回头看着小草。

“那个……”小草支支吾吾。

“怎么了？”芊芊感到不对劲，把门合上，整个人转过来面对着小草。

“昨晚……梅子回来了。”

“什么？”芊芊的反应比较不像是惊讶，而是疑惑，“她去找你了？去你家……？”

“对。”

“那你们说了些什么？”芊芊此时的语气终于开始小心翼翼。

小草沉默了几秒后才开口：“没什么，你快出门吧，要迟到了。”他再次挥了挥手，“晚点我们再说。”

“好，”芊芊犹豫了一下，随即点了点头，“你离开时，把钥匙再放回鞋盒里就好。”说完，转身离开。门开了又合上。

跟允辰碰面的地点是芊芊挑的，她不能约在她家里，因为小草晚上会来找她，也不能约太远，因为怕来不及，所以便挑了距离住家附近步行不用十分钟的连锁咖啡馆。

平日晚上的咖啡馆只有稀稀落落的几个人，一些上班族正在使用笔记本，还有几个聚集在一起聊天的学生，不大的店面，还有一半的位子是空的。

允辰还没有到？芊芊看了一下时间，才八点五十三分，刚刚她几乎是小跑着过来的。为自己点了杯热拿铁，同时也帮允辰点了杯热茶后，她找了个角落的位子坐下。

五分钟后，允辰到了，芊芊是被他的声音从沉思中唤醒的。

“嗨。”

他不会回来了。

当芊芊抬起头看着允辰的脸时，突然想起小草刚刚说的话，“梅子‘回来’了”，他用的是“回来”这两个字，而不是“见面”。小草一直都是个念旧的人，所以当初梅子离开后才会等了她这么久。对于小草这样的人，要割舍掉一段长久的关系从来都不是容易的事。

只要梅子出现，她就没有胜算了。芊芊突然意识到这点。

其实芊芊自己也不知道跟小草的关系算不算情侣，连她自己都疑惑着，虽然她跟阿群说了“我跟小草在一起了”这样的话，但某种程度比较像是在坚定自己的立场罢了。

若他们不是在一起了，那自己又是在干吗呢？又是为何要把状况搞得这么复杂呢？何必呢？芊芊突然感到沮丧。

她跟小草始终都没讨论过这件事，甚至在垦丁的那一夜是最接近明说的状态。唯一可以肯定的是知道正在往那个方向前进着，即便不是现在，有一天也终会抵达，或许是等到她跟允辰的状况解除后……只是梅子出现了，过了今晚，小草不会再回到自己身边了，芊芊清楚地知道了这件事。

他又一次反悔了。

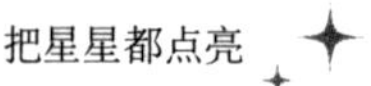

“最近好吗？”

是允辰的问候再次把芊芊从沉思中拉回来，何必呢？她的脑海中突然跳出这一句话，但随即试图再把注意力集中到他身上。

“都……还好。”芊芊尴尬地开了口，为了避开这种生疏感，她只好把视线放在手机上。

由于早就料到允辰今晚找自己的目的，所以当他询问着自己为什么变得冷淡时，芊芊并没有什么特别的情绪，反倒是可以冷静地说出自己认定的理由：“我们……太快了。”

她跟允辰在一起得太快了。她太急于想要重新开始，也太急于想要从小草身上离开。不管是赌气也好、报复也罢，都改变不了两个人太快在一起的事实。

与其说是在解释，倒不如说是在澄清。

然而对于说出这样的话的自己，芊芊并不感到内疚，因为允辰跟君艾的事恰巧抵消了她的亏欠感。

“嘟！”突然掌心里的手机震动了一下，信息通知。芊芊低头看了一眼，是小草传来的信息，信息的开头是“梅子”两个字。她下意识地点开来看，上面只有短短的一行字：“梅子……我们复合了，对不起。”

他又一次反悔了，果然。

信息也一如在波多时所回复的一样简短，典型的小草风格。芊芊分不清愤怒和伤心的成分哪个比较多，但可以确定有股深深的无力感笼罩她的全身。

“既然如此……”

允辰继续开口，只不过这次他的语气中明显夹杂着怒气。她不明白为什么。

“我们分手吧。”接着，就是这句话。

这句话，是不是也就代表着，允辰承认了跟君艾的关系？这个疑问立即就浮现在芊芊的脑海，来不及做更多的思考，她脱口而出：“你有喜欢的人了？”

但显然这句话加倍惹恼了允辰，他几乎是带着怒意反呛了回来。芊芊吓了一跳，赶紧试图缓和气氛。但允辰无法被安抚，草草结束对话就离开了。

分手了，就这样……？允辰离开了，芊芊呆坐在原地，又想起了小草刚刚的短信。

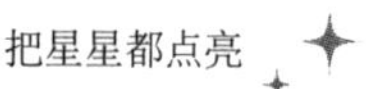

几乎在同一时间，跟小草以及允辰都分手了。

芊芊突然觉得有点好笑。她并没有感到强烈的悲伤，反倒有种松了一口气的心情。对于这样的感受芊芊自己也吓了一跳，她当然是喜欢着小草的，对于允辰也不是全无感情，然而走到后来，她跟小草的关系已经像是一部冗长的无声黑白片，一开始的期待与兴奋，随着时间的拉长，终于只剩下对结局的等待。

只是不再期待中间会有任何高潮迭起，而是专心等待落幕。

终于……尘埃落定了。方才的预感成真了。

“嘟。”手机又发出信息通知，一样是小草传来的，但这回芊芊没有点开，径自陷入沉思。不知道过了多久，才终于起身回家。

走出咖啡店时，由于室内外的温差，芊芊的肩膀自然地缩了起来，像是在防御一样。刚刚来的时候有这么冷吗？芊芊在心里询问自己。这样的温度让她想起了大家在垦丁的那个晚上，以及草地上的那片星空。

这一瞬间，芊芊突然明白了，他们五个人再也回不到以前了。

一起约在小角落聊天，一起嬉笑怒骂，一起当彼此的支撑，那样的日子已经结束了吗？是不是再也无法像以前一样了？不只失去了情人，还失去了一整段的青春。

一切都结束了吗？包含他们的友情？只能这样了吗？

回到家后芊芊瘫软在沙发上，脑子不断播放这样的念头。

比起与允辰，甚至是与小草的结束，芊芊最遗憾的其实是一群人的情谊就此画下句点。自从最亲近的奶奶过世后，她始终没有归属感，一直到遇到君艾，她才有了亲密的感受，接着在遇到小草、阿群之后，才终于觉得有一个可以安身立命的地方。

所以，他们四个人的聚会总是由她发起，也总是约在相同的地方。他们四个人加上小角落那家咖啡馆，是芊芊的家。她也总是最早到，芊芊没对谁说过，但她心里清楚地知道，这其实是自己的安全感不足。并不是因为她贪玩，而是在她的心中他们都是比家人还亲的人。他们是她最重视的人。

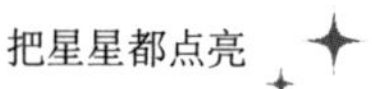

眼看就要失去他们了，然而她却不知道该怎么办。说着不再当朋友的人、说着不要再见面的人、闹着别扭的人，如果无法被原谅，又要如何继续下去？

要是他们可以回来就好了。

要是大家可以再聚在一起就好了，可以像以前一样就好了。芊芊脑中不断重复着这样的想法，而这些念头最后都汇集成了一种无意识的行为，驱使着她的动作。耳朵里似乎传来了一些声响，像是一种召唤，芊芊突然站起身，朝着书桌前进，她先是打开抽屉，角落一处静静躺着一把美工刀，黑色的不锈钢刀身包裹着银色的刀片，上次使用它是拆君艾送自己的礼物包装。多么讽刺啊。

芊芊将刀子取了出来，推出锋利的刀片，对着左手腕，金属的冰凉触碰着她的肌肤，施一点力，好像有什么温热的液体涌了出来，但她并不觉得痛。

白皙的皮肤熨出了一条细细的红线，就像绑上了一条祈福的红棉线一样；鲜血渗了出来，衬着皮肤，也像是雪地里鲜艳的红花，一朵朵绽放了。

而此刻，芊芊以指腹轻轻刷着粗糙的纱布表面，这朵红色的花，现在已经被包覆在层层的白纱之下。它像是遮掩住了什么，但对芊芊来说，现在才是揭露的开端。

“但是，我还是不明白你为什么要这样做？”君艾仍是无法理解芊芊的思绪，那些藏在她心中的秘密，到底是什么？“为什么非要用这么激烈的手段不可？这么危险……”

君艾的视线短暂地落在芊芊的左手腕上，那里包裹了太多的真相，随即又抬起头看着她。

“我从来都没有想要自杀，我刚说过……割腕是很难让一个人死的方式。”芊芊说，“我只是想把大家聚集起来。”

“什么……？我不懂。”允辰还是不明白。

“你觉得发生了这些事之后，过了今晚我们还能当朋友吗？”芊芊语气有点激动，是今晚唯一的一次，“不，甚至是，我们还有机会聚在一起吗？”

手腕上的那一刀，并不是一个要结束任何生命的方法，而是一个想要获得新生的选择。

允辰终于明白了芊芊的意思了，其他人也都懂了。

“所以你才决定用这么激烈的方法把大家聚集在一起？”小草皱着眉头斥责，“太冲动了！”

“对不起，但我实在想不到更好的方法了。”用在手腕上划一刀来把大家聚集起来，是多么糟糕的选择，芊芊心里明白。

“那伤口还好吗？医生怎么说？”君艾又记起了伤，怯怯地问。

“只是浅浅的伤口而已，医生已经做了处理，幸运的话，连疤都不会留下。”芊芊隔着纱布轻抚着手腕，几乎没有痛的感觉。

“怎么会没事……阿群刚刚明明说，他进门时，你已经昏倒在地上了，还流了很多血……”君艾说着说着，随即发现矛盾点，允辰跟着抬起头望向阿群，他也记得这句话。

“阿群早就知道了！”君艾惊呼出来，“他早就知道你其实没事，对吧？！”

空气沉默了几秒。

阿群终于缓缓点了点头承认：“由我来说吧。”他看了芊芊一眼，仿佛在征求同意：

“是的，我早就知道芊芊其实没事。”接着说出今晚发生的事。

“你在做什么！”

因为被小草电话里焦急的语气所感染，阿群迅速赶到芊芊家。他用力地拍打了房门，并大声喊叫着芊芊的名字。明明房里的灯是亮的，却没有回应……不会真的出事了吧？！

阿群又拍了一次房门。还是没反应。

他想起小草提到的备用钥匙，转身找出小草所说的鞋盒打开，果然在里头发现了一把钥匙。

阿群慌乱地打开门，随即就看见芊芊正站在书桌前，手上拿着个闪亮亮的东西……是刀子！还有……从她手臂渗出来的红色鲜血，他吼了一声。

“你在做什么？快住手！”见芊芊没有反应，阿群快速冲到她身边，抓起书桌上的卫生纸重重压在她的手腕上，

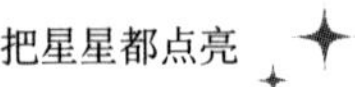

试图止血。

芊芊的右手还拿着刀子。

“你在做什么傻事，你疯了吗？！”接着抓起那把刀子往角落一丢，再把芊芊拉到沙发上，然后到浴室抓了一条毛巾捆在她的伤口上。

伤口并不深，芊芊的意识也清楚，流血速度也看似减缓了，让阿群安心不少，但还是需要上医院一趟。阿群本来想叫救护车，但在芊芊的坚持下改搭了出租车。

“你到底在想什么？你不知道这样会让爱你的人担心吗？”一上车，阿群先跟司机报了医院名字，随即转头再呵斥着芊芊，同时用手紧紧压住她的左手腕。

“还会有人关心我吗？”芊芊反问阿群。

因为昨晚自己的赌气言语，所以当听到这句话时，阿群感到一阵羞愧。

“当然啊，我们都关心你。君艾、小草、我，还有允辰，我们都是……”

“刚刚，小草也跟我提出分手了。如果我们称得上是一对情侣的话。”芊芊突然说出这句话，但语气平静。

“骗人！怎么会？”阿群惊呼了出来。

“而君艾跟允辰两个人也在一起了，今天中午君艾亲口跟我说的。”

“怎么可能……”阿群反应比刚刚更大，“啊，所以小草就是知道这件事，才会叫我来看你。”像是把最后一块拼图给补上了，此时终于看见了事情的全貌似的，阿群突然间恍然大悟。

这就是芊芊想不开的原因了。

“应该不是……”芊芊摇了摇头。

“不是？为什么不是？”

“因为我还没有告诉小草关于君艾跟允辰的事。”

出租车上没有播放音乐，也没有广播，异常安静。芊芊突然很感激这一点。

“但这样不合理啊……”

“他之所以会担心我，是因为他刚刚跟我说了一件事，他跟梅子——复合了。”

“什么！这……”阿群睁大眼看着芊芊，刚刚才以为厘清了所有事，没想到仍藏有秘密，一连串事情的揭露让

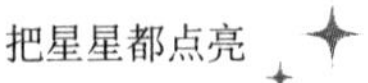

他措手不及，“所以……你是因为小草才自杀？”

虽然惊讶，但或许是觉得芊芊没有事了，因此阿群的情绪明显缓和了下来。

“不是，”芊芊再度摇了摇头，“我是为了大家。”

“大家？”这句话阿群完全听不懂。

“我觉得唯有用这个方法，才可以把大家聚集起来。”

到了此刻，阿群终于懂了芊芊口中的“为了大家”是什么意思了，还有她做这件事的目的是什么。因为就连他也想过，经历昨晚之后，他跟芊芊要怎么继续当朋友？

是啊，背叛自己的情人与好友，还有离弃自己的对象，甚至是幼稚任性威胁着她的自己，若不把话说开，若没有契机，就再也没有见面的机会了吧。从某种层面来说，阿群不得不认同，芊芊的想法其实并没有错。

“我想请你帮我一件事。”芊芊说。

“什么事？”

“帮我打电话给大家，请他们来医院。”

阿群明白芊芊的用意，她是想利用这个机会让大家把话一次说清楚了，唯有这样，大家的关系才有可能可以继续。阿群点了点头，从手机找出了允辰的电话……拨出。

再转个弯，医院就在眼前了。

听完阿群的话，小草、君艾及允辰都惊讶得说不出话。不只是因为方才的悲伤情绪，现在还多了被捉弄的气愤。

“对不起。”说完真实发生的经过，像是个做了错事的小孩似的，阿群轻声道了歉。

他说的事，无疑又是在今晚投下了一颗震撼弹，谁都没想到竟然是阿群跟芊芊联手演了一场戏。阿群把大家领到急诊室前的等待区，而芊芊始终都待在左前方的岔路通道上聆听着、等待着。

“阿群，你怎么会跟着芊芊开这种玩笑？”小草忍不住斥责了起来。

阿群的头几乎低到了胸口。芊芊感到一阵愧疚。

“你们不要责怪阿群，是我要求他配合我的。”芊芊开口替阿群求情。

“这种事是可以乱说的吗？”小草仍是一脸的难以置

信，先是看了阿群，接着又转头看向芊芊，“你疯了吗？怎么可以做这种傻事……”

芊芊沉默着。

“要是我没要阿群去看看，要是阿群没有去怎么办……要是真的无法挽回怎么办？你怎么会这么莽撞！”小草试图压抑着情绪，这一句话几乎是带着沮丧。君艾轻拍着小草的背试图安抚。

到了此时，芊芊终于明白了小草的情绪会如此激动的原因。

“要是……真的出事了怎么办？”以为失去的恐惧终于宣泄了出来。

“不会的。”芊芊仍是一贯平静的口吻。

“什么意思？”对于芊芊始终都保持的冷静，小草充满疑惑。就像是站在薄透的结冰湖面上，不够坚固的地基，让他心里感到不踏实。隐约感受到仍有未知的事物在等待着自己。

“因为……”芊芊缓缓开了口。最后一个秘密了。没有人知道的秘密，就连阿群都不知道的秘密。急诊室的门突然打开，一位护士走了出来，伴随着医院里特有的气味，经过时，芊芊嗅到了一阵浓厚的药水味，在鼻腔内弥漫开来。原以为习惯了，但其实没有。因为气味的关系，芊芊突然想起他们四个人当时第一次一起见面的地点也是在医院，同样熟悉的刺鼻气味。

当时是大一开学的第二周。“你也感冒啦？”有点熟悉的声音，芊芊抬起头只看到一双眼睛，脸的下半部都被口罩给遮住，一时认不出来是谁，直到看到眼里恶作剧的神情，才发现是同班同学阿群。“不是我，是君艾。”芊芊指了指正站在门外打电话的人影。

九月中旬，炎夏的余温还没有散去，白天气温还热得很，但晚上偶尔会有凉意，总之是不太稳定的天气。因为无法预知，所以容易掉以轻心，许多人便因此患了感冒。

“人家说只有笨蛋才会夏天感冒，果然是真的。”即使生病，阿群也是不改戏谑的个性。“你忘了你也感冒？”芊芊笑他。

“我就是在说我啊，哈。”

“哈。”芊芊也笑了，“你一个人来的？”

“不是，小草陪我来的。”阿群指了指另一头，穿过几个人，小草正坐在椅子上盯着手机看。芊芊的心脏漏跳半拍。

“怎么会感冒了？你看起来很强壮啊。”芊芊赶紧把视线拉回阿群身上。

“还不是因为那个招牌作业害的，整天骑车在外面跑来跑去的，吹了风所以感冒啦。”

芊芊点了点头又问：“你几号呢？”她秀出手上的号码牌是87。此时电子荧幕上显示着75。

“哦，我不知道，号码牌在小草那里。”才说完话，芊芊来不及阻止，阿群已经转头喊了小草名字。小草从手机里抬起头，也看到了芊芊。

“嗨，你也感冒了？”小草走了过来。

“不……”

“是君艾啦，我们几号？”阿群插了话。

“哦，79。”

“我们赢了。”

“什么赢了？”君艾正好讲完电话进门，“你也感冒了？”

“看诊顺序啊，我在前面，可以先看完。”阿群点点头说道。

“可恶！”君艾故意这样说，大家笑了。

虽然是同班同学，大家几乎每天都会在学校碰面，也常常会在同一间教室上课，但其实私下并没有更多的交集。刚开学没多久，大家都还处在陌生的状态之中，所以像这样四个人单独聚在一起还是第一次。

这也是芊芊第一次跟阿群与小草说到话。医院的候诊间一下子就拉近了四个人的距离，仿佛一起经历一件值得纪念的事一样，突然间共同拥有了与其他同学不一样的记忆。自此之后，他们四个人变成了一个团体，在学校会一起吃饭，放假时也会相约一起出去玩。而这个持续了近十年的习惯，现在或许就要结束了。

没想到，开始与结束，都是在医院。就跟人的生与死一样。芊芊突然一阵感伤。

飘远的思绪回到了当下，四双眼睛注视着芊芊，等着

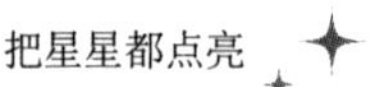

她揭晓答案。

“因为……”接着，芊芊缓缓说出了这句话，“刀子是在听到阿群的声音之后才出现。”

“你说什么？”秘密背后的秘密，让阿群也睁大了眼睛。

“我是听到了阿群的敲门声之后，才去找出刀子。”芊芊很镇定，就像是在说一件稀松平常的小事一样。

对照着其他四个人，阿群显然受到更大的惊吓。

“当时我正呆坐在沙发上，突然就传来一阵急促的拍门声，接着门外就传来了阿群焦急的声音‘芊芊，你在家吗？开一下门。’是阿群。他怎么会来？……啊，一定是小草要他来的。几乎是毫无疑问，当下我就知道了这件事。也几乎可以肯定，钥匙位置小草一定也跟阿群说了，于是我才起身到书桌拿出刀子。”

“你怎么可以肯定这件事？要是没有怎么办？”小草反驳。

“因为我听到阿群翻鞋盒找钥匙的声音了，也听到慌乱开门的声音了。”

“啊，”小草恍然大悟，“……其实是因为阿群的出现，才让你决定要割腕，对不对？”原来真相其实是正好相反过来。

芊芊轻轻点了点头。

“所以你才会从头到尾都这么冷静，因为你都想过了。”

芊芊的话无疑又是一颗震撼弹。

“自奶奶去世后，我就一个人在外生活着，我没有归属感，而你们几乎可以算是我的家人了，我不想失去你们。其实我很怕痛，但如果不这么做，我觉得自己会后悔。”芊芊自顾自地说了起来。

她把视线投向远方，医院的长廊与清冷的色调，还有面目模糊的人们。

“但是……”纵使芊芊说了她的想法，大家的心情也无法平复，被一个又一个的秘密翻搅着。就像是有人用力拧绞了自己的胃，把食物都给倾倒了出来，想吐，但却只是痛苦地干呕。

“比起手腕上的疼痛，我更害怕再也见不到大家了。”

“芊芊……”君艾闻言又哭了起来。

“所以，我想把大家都找来，把话都说清楚。我也不知道这样是否有用，也不确定我们是否真的可以回得去从前，但我想再回到‘点亮星星’，想跟大家再一起回到那个时候……”

大家一片静默。

“我没有把这件事当成儿戏，我比谁都更加认真看待这件事。”芊芊说。

划下那一刀时，芊芊脑海中浮现的是“点亮星星”那栋民宿，以及当时的他们。他们五个人就像是天上的星星，因为相遇而闪着亮光、有了联系，然而当初照耀他们彼此的光，如今将要暗淡了。

“你们知道什么东西才能点亮星空吗？”芊芊突然这样说。

四个人同时看向芊芊，同样没人开口。

“是黑暗。”

然而，该把话说到什么程度？又该怎么说？说了，大家是否可以承受？其实芊芊都没有把握。她甚至无法决定什么该说、什么不该说。就连自己的行为是否能够被原谅，她也没有把握。

话自然而然地到了嘴边，跟着跑了出来，就像事情发展到现在这样，人可以控制的东西远比自己以为的还要少。人们总是高估自己的能耐，所以才会不断犯错，所以才会犯了错后常常都收拾不了。

“唯有四周都黑暗了，才可以看得见星星。”然而芊芊知道，手腕上的那一刀，其实不是划出鲜血的伤疤，而是让光可以透进来的缝隙。“只有在没有光的时刻，才能发现光的存在。”

现在就是那个关键。要是此刻不这样做，错过了就没了，大家就会作鸟兽散了，就像那些被时间冲散的人一样，又像再也连不成线的星座。但她不要这样，若这是最后的机会，芊芊选择抓住。无法预测后果会如何，而她也无暇顾虑。

会被责备也好、无法谅解也罢，甚至是自此翻脸都可以，芊芊觉得她能再损失的，就是现在这样了。她能失去最多的就是这样了，所以她才做了这样的决定。甚至她也清楚自杀所带来的后果与其本身难以磨灭的恶意感，但芊芊仍是选择了赌。

他们是她最重视的人，她的家人。

每个人都有自己想要守护的事情，允辰想要守护君艾，君艾想要守护允辰，阿群想要守护小草，而小草想要守护梅子，然而对芊芊而言，最想要守护的就是他们之间的友情。

“我知道自己这样做不对，但这是我所能想到的把大家再聚在一起的唯一方法了。一个可以把结打开的机会。”

这是唯一的方法了。不是疑问句，而是肯定句。

这样想或许太天真了，也会被嘲笑，在手上划一刀也是幼稚可恶的举动，但就是这样的天真一路支撑着他们所有人走到今天。他们相聚或别离，都是因为它。不要嘲笑自己的天真。

是该把话都说清楚的时候了，是该把星星都点亮了。看看光可以照耀到什么地方，可不可以指引出方向。

把星星都点亮。